何处梅山

丁斌 著

北方文艺出版社

图书在版编目(CIP)数据

何处梅山 / 丁斌著. -- 哈尔滨：北方文艺出版社,
2021.7
ISBN 978-7-5317-5145-8

Ⅰ. ①何… Ⅱ. ①丁… Ⅲ. ①诗集-中国-当代
Ⅳ. ①I227

中国版本图书馆 CIP 数据核字(2021)第 103203 号

何处梅山
Hechu Meishan

作　者 / 丁　斌
责任编辑 / 张贺然

出版发行 / 北方文艺出版社
发行电话 / (0451)86825533
地　址 / 哈尔滨市南岗区宣庆小区 1 号楼

印　刷 / 长沙市精宏印务有限公司
字　数 / 80 千
版　次 / 2021 年 7 月 第 1 版

书　号 / ISBN 978-7-5317-5145-8

封面设计 / 潇湘悦读

邮　编 / 150008
经　销 / 新华书店
网　址 / www.bfwy.com

开　本 / 880mm×1230mm　1/16
印　张 / 14
印　次 / 2021 年 7 月第 1 次印刷

定　价 / 68.00 元

序:他的“歌声”迟到,又最先歌唱

文 / 海啸

诗人丁斌在青春的游历、放逐之后,以“归来者”的身份回到家乡。“一个筋疲力尽的离家出走者;一个错写身份号码的人;一个对生活别有用心的人……”一个故乡的异乡人,一个自称明朗哥哥的狩猎者,在暮色弥漫的山坳与渡口,寻找着遥远的“梅山”和“故国”。

他的离经叛道,卫道士般的身影在旁人眼中多少有点不合时宜。是的,他深居简出,寡言寡语。他的孤独是“梅山”的孤独,诗歌的孤独。

直到这一天,直到窗外的夜风将沉默和词语交给清明的雨水,“你说有梦,轻轻向我们靠拢”。从 20 世纪 80 年代末期开始,丁斌便在家乡的九龙山口埋藏着一口诗的镣盎,其中有少年的几缕青丝,几捧温暾的泥土,和梅雨季节采摘的几枚青涩的果实,封存在那里,在他的“梅山”之地。庆幸的是,三十多年后,我终于见证并品尝到了这一坛“佳酿”。对,诗的“佳酿”!

一

我脑海一直闪念着一个词,那就是“梅山”。而“梅山”何处?又何处“梅山”?

一个诗人的写作,竟然可以隐匿于心,长期缺席,或从不肯入场于所谓的诗歌“现场”，这需要怎样的一种心抱？远在湘西南的那座小城，他唯一以诗歌的方式“留存”下来，并细心守护着我们少年的梦想和秘密。

作为20世纪70年代生人，尤其是出生与成长在农村的一代，几乎共同经历或见证了青春的漂泊和迁徙。丁斌也很自然地“随波逐流”，南下广州。后来，他完全有理由，或者有能力在那里扎根，但他选择了回家。

诗人的“天职”是返乡。“头白灯明里，何须花烬繁”，杜甫在《日暮》中的千年长叹犹在耳边，倒是杨炼那句“回不去时回到故乡”，成了当下诗歌语境下的一张心灵“通牒”。遥想那个意气风发的年代，竟恍若隔世。时间闪回今天，当初的“浪漫骑士”们大腹便便，丢盔弃甲，难免不让人萌生羞惭与感伤。

越来越多的人疑虑，这个时代还需不需要诗歌？诗歌作为精神图谱，曾映照着中国二十世纪的八九十年代，那段物资相对匮乏的年月，生活简单而快乐，诗意浪漫，春光璀璨。就像丁斌在《启蒙》诗中写道：“木屋门前，青草整齐/树林里，藏着呼吸/神话中，有梅山神……”是的，总有人坚持下来，给诗歌安放着应有的位置。

王国维在《人间词话》中这样论述：“诗人对宇宙人生，须入乎其内，也须出乎其外。入乎其内，故能写之；出乎其外，故能观之。入乎其内，故有生气；出乎其外，故有高致。”诗人在写作的过程，应始终遵循其内在的秩序，因此，要想实践自己的诗歌理想，必须克制（克服）外在的喧嚣与冲动，回到属于自己的“梅山”。

与其说“梅山”是丁斌的诗歌故乡，不如说是他的精神原乡，是无人可以惊扰的秘境和岛屿，一种乌托邦。我们在他诗歌中所感受到的，并不是他抽象的具有某种文化隐喻的词语，而是对一种古老文化的全新认知，只不过，这种认知不像其他艺术表现形式，譬如绘画、影像、音乐或者小说等等。他身处其中，以独有的视角和感知，建构起自己的诗歌王国。

诗歌是一种情感系统，更是一种语言系统。英国诗人、画家布莱克说：“艺术和生命的基本法则是，弹性的线条愈是独特、鲜明、坚韧，艺术作品就愈是完美。”布莱克认为“线条”是绘画的唯一要素，这和当代诗人韩东的“诗到语言为止”是否存在某种“共谋”？我们暂且不去探究这种专制的，甚至带有明显“暴力性”、倾向性的论调是否公正或者合理，不过，我认同“布莱克们”在艺术中对于线条（语言）的重要性，如同人之心脏，失之便无从谈起。回到丁斌的“梅山”中来，那么，他手中的“线条”和“调色板”，他丈量那条河流的“温度计”，他职守的诗歌精神和他高蹈着的人文向度，其根源究竟在哪里？

二

诗集《何处梅山》的出版，意味着“风声抢走一顶没有实质性的帽子”，又重新被风声抢夺了回来。《梅山，梅山》作为诗集的开篇之作，丁斌以“人们溯江而上”直接将“自己”置于一个巨大的，极具挑战性的史诗性主题。有意思的是，我早年在长诗“三部曲”中，也是从这条“江”开始，只不过，我是顺江而下，找寻那双“流浪一千五百年的旧鞋子”。这当然是一种冒险，“真实，在不断演化/它是一个持续发光的词……”在丁斌看来，“梅山”便是这个“词”的母亲，他的诗歌母亲。

世界上没有任何一个国度能像中国一样，其文化的连贯性、持续性和民族性具有如此强大的生命力。中华文明是大海，是一个恢宏的复合体，是软性的、弹性的，极具兼容性与包容性。而梅山，就是海平面下蕴藏着的一个神秘而又沉默，朴素，艰涩却又伟大的“词”。

梅山区域泛指位于现湖南省中部，湘江和沅江之间，雪峰山山脉和资江流域。原居民是以蚩尤部落后裔苗瑶为主体形成的多民族人群，他们以个体为中心，构建单元化的社会结构。这里曾经没有阶层等级区分，自由，平等，人们自然生活，自然生存，历经民族迁徙，至宋开化，直到汉文化融入之后才逐步形成自己独特的在野口语传承下的人文谱系。“你也是。自己的神，自由之神/溪涧淙淙拂兰芷”(《梅山，梅山》)，正如生长在雪峰山山野的兰花，是的，诗人是孤独的，诗歌是孤独的，梅山神是孤独的，梅山文化也是孤独的，隐迹于古老而又年轻的梅山区域。

“天空灰暗。流星漏网/包括一些近现代史的关键人物/他们的性格沉淀//它们也是火。烈焰漩涡的轴心/恍惚有人光脚/踩向天边烧红的铁犁头/一滴血，飞越高山/嵌入残存的龙口房梁……”在《梅山，梅山》中，丁斌可能是游移的，甚至是矛盾的，他身陷在梅山的烟雨里难以自拔，有时又想作为一个旁观者，一个陌生的“他者”来对他脚下的土地进行书写与反思。事实上，诗人永远是这个时代的“别有用心”者，我理解丁斌内心和他诗歌包裹着的火焰。任何事物的发展，都有它显现的时刻到来，犹如一座入睡的火山，文化进程到一定时候，必然也会喷涌出来，这不是偶然，是必然。历史上，梅山文化的两次“艳遇”，一是屈原靠近梅山，二是陶渊明走进梅山，带给中国文化不可估量的价值和无限遐想。而整个一部中国近现代史，如陶澍、曾国藩、胡林翼、左宗棠、魏源、蔡锷、毛泽东等，无疑深刻受到梅山文化的熏陶和浸染。梅山人集群展现于世界，鲜有学者乃至文人墨客将注意力和研究方向聚焦到梅山文化的“块链”上来，更多人只关注湖湘文化，而丁斌以诗歌的方式对梅山文化的“招魂”，在中国诗歌史上尚属首次。

“战神或者猎神，已不重要/不重要的事物已经胜过重要事物/破碎的新石器/和陶罐也只是泥土的某种存在象征/我们都是象征性的/活着或者死亡//两根铁轨插向他们的家园/可爱的人们睡在山的梦想之上/神将睡哪”(《梅山，梅山》)，以及像“通过先进的准分子手术/你就死在自己下手的坑里”(《夕阳西下》)，而现在，当所有的“门”，包括丁斌心中的“梅山”都朝向整个世界打开，我们是庆幸还是应该保持应有的警觉？这显然是一个诗歌无法解释和回答的问题。“他们在赶潮。时间的基因/已经变异。我在清晨忘了我/甚至，你的存在”(《清晨》)，由此，诗人在心底发出了“何处梅山”的灵魂追问。

三

我们仅仅用了几十年，所完成的物质财富就远甚于几千年以来的经济积累。在此我很想用“物质文明”来替代“物质财富”,但“文明”是个很奇怪的词,它是花枝招展的,涂脂抹粉的。不像“文化”,它是阴郁的,潜移默化的。从最原始的农耕渔猎生活,走向并快速接近甚至某些方面超越世界最先进的生产力,我们整个中国处于城镇化发展最活跃的时期,原始资本积累逐渐转向尖端的工业化信息化发展。从政治经济到国民意识,从繁华都市到边陲小镇,无不处于一个从未经历过的崭新世界。

人们从自留地里走出来,碰上路边一堆亮闪闪的金子。人们的意识是疯狂地,浮躁地,极不安分地,忘记了劳动本身的意义和价值,极端地漠视着增值作业。增值作业,对,就是这个专业性很强的词,被他找到,并不止一次地放在他唱诵的文本里。“谁能唤醒来自枯竭内心的细胞/从个体破灭/联想到更多破灭/你,漂在一条污染的河流之中/你,一滴不透彻的水”(《水中花》),我们付出的代价是巨大的,“青山来不及掩盖的黄土/顺延成倒塌的墙/一条河流躺下去了”(《地形图》)。

在此时代背景下,重提“当下诗歌写作经验”变成一个诡异的话题。无疑,作为诗人的丁斌,他却永远生活在自己的梦中,“等待一滴亿万年的泪水/因为迁徙,因为生存的狂热”(《秦山夯有娃娃鱼》),用诗歌带领我们走进梅山,探寻梅山。但是,“车过湘江,雨停下来/我听见了,我们的妈妈/在湘雅医院着急的呼唤”(《大雨》),可是,一场“大雨”就能将他击打得体无完肤。

一个归来的诗人,他带着爱人和诗歌,胸怀爱,胸怀家国情怀,他带着企业家、社会活动家、眼科验光师……的使命意识和视野回到梅山,在梅山区域的最底层,找寻着湖湘文化乃至中国文化遥远的“家谱”。

他是一个彻底的“人本主义”者，他诗中漫溢出的冷冽、忧寻，和对底层人物命运的关怀，对人性的观照，能让秋风拧出泪来。

四

从《梅山，梅山》开篇，到《天净沙》《神而上》《夜歌》《白话》《行板》，直到《送别》，七个篇章构成整部诗集的七“声部”，尤其他分别解构马致远的和李叔同的两首词并作为诗集的两个独立单元部分，让人耳目一新，十分精妙。看似和梅山并无关联，却是诗人刻意营造的幻象。当“枯藤”吊在那里随时可能消失；当“熄灭的海”等到若干年后，“你会在大数据里看到红枫叶挥舞的手”；当“一只昏鸦，在天空击中你的眼睛”；当“你我之间，一定有座小桥”；当流水在某个深夜喘息，“为一本线装书，那件裱装的长衫忘记了缝线”；当“有人有家，有人无家，无人有家，无人无家”，天地归融，山路飘荡；当竹林望流云，“长亭复短亭”；当“西风骑瘦马，萧瑟无言语”；当夕阳西下，断肠人在天涯……东篱无秋思，春分有雨水，丁斌通过意象“魔方”诉诸成一幅“水墨”长卷，而词语，它是诗的象征，并不是诗的直述，它可以超越时间奔突而来又能绝尘而去。

到了《送别》，诗人则呈现出更多的“当下性”，他在“长亭外”生发出“拆迁工队伍的年龄有点老”的长叹；在“古道边”看见“古装的人走向村庄”；在“芳草碧连天”下流露出“蚂蚁幸福得和人民一样”的口吻；在“晚风拂柳”中展开“露珠的眼睛”；笛声残，他竟然“摸出打火机”；夕阳山外山，那座“山”，却“等着装上卡车”；天之涯，一场风暴从此启程；今宵别梦寒，“死去的人在读自己的诗……”丁斌在他自己的世界中时而平行，时而盘旋，像一个深不可测的巫师挥斥着他“咒语”与梦呓。

美国画家惠斯勒曾说，他绘画时是把颜料同脑汁调和在一起的。可丁斌不仅仅是将脑汁，包括亲人、雨水、星辰，他猎枪准星中忽闪而过的蝴蝶，过去、现在和未来，统统调和在了一起，形成他独具的人文精神和文化价值的诗歌文本。

是的，“歌声迟到，又最先离开”，依旧是丁斌的诗，他始终赖以生存的土壤和他笔下“复苏”的梅山，他随时准备“离开”，但他永远在歌唱。

2021 年 4 月 4 日于北京

目　录

第一卷　梅山，梅山

梅山，梅山 …… 002

第二卷　天净沙

枯藤 …… 016
老树 …… 017
昏鸦 …… 018
小桥 …… 019
流水 …… 020
人家 …… 021

古道 …… 023
西风瘦马 …… 024
夕阳西下 …… 025
断肠人在天涯 …… 026

第三卷　神而上

启蒙 …… 028
那些反光的事物 …… 029
夜之门 …… 031
木芙蓉 …… 032
清晨 …… 033
秦山夯有娃娃鱼 …… 034
给山神 …… 036
水中花 …… 037
豹子的脚印 …… 039
梯田,梯田 …… 041
月亮升起 …… 043
充气城堡 …… 044
高山流云 …… 046
夜语 …… 048
黎明之前 …… 049
一片宁静 …… 050
漏洞 …… 052

容我诉说 ······ 053
深度沟通 ······ 055
地形图 ······ 057
困惑 ······ 058
资江倒影 ······ 059
荒野在说 ······ 060
请原谅我荒凉的内心 ······ 061
形而外 ······ 062
竟相忘 ······ 063
第三只眼睛 ······ 064
关于神 ······ 065
门前 ······ 066
月光下 ······ 067
山村 ······ 068
映山红 ······ 069
山谷迷情 ······ 070

第四卷　夜歌

清明 ······ 072
晨雾 ······ 073
山雨 ······ 074
晚来风凉 ······ 075
邂逅 ······ 076

子夜 …………………………………………………… 077
夜歌 …………………………………………………… 078
弹词旧梦 ……………………………………………… 079
一把旧二胡 …………………………………………… 080
一场葬礼 ……………………………………………… 081
又一场葬礼 …………………………………………… 082
大悲咒 ………………………………………………… 083
等等我 ………………………………………………… 084
和下雨有关 …………………………………………… 086
落在林子间隙的房舍 ………………………………… 087
大雪封藏的村庄 ……………………………………… 088
相框 …………………………………………………… 089
水手,或者舵手 ……………………………………… 090
磨刀石 ………………………………………………… 091
这个夜晚 ……………………………………………… 092
村殇 …………………………………………………… 093
星光大道 ……………………………………………… 094
秋风劲 ………………………………………………… 096
火塘 …………………………………………………… 097
歌声 …………………………………………………… 098
雨夜 …………………………………………………… 099
一片落叶 ……………………………………………… 100
声音 …………………………………………………… 101
提灯的人 ……………………………………………… 102

第五卷　白话

岩口 …… 104
罗氏宗祠 …… 105
棕粑桥 …… 106
双荡寺 …… 107
风吹山冈 …… 108
月照山坡 …… 109
茫然 …… 110
晚餐后 …… 111
噼啪 …… 112
月光如水 …… 113
下雨了 …… 114
世界重新 …… 115
大雨 …… 116
根叔 …… 117
没完没了的雾 …… 118
再登观音崖 …… 119
活着 …… 120
风吹山谷 …… 122
星星点亮夜色 …… 123
太庭寺遗址 …… 124
碎石场 …… 125
心软 …… 126

像片落叶 …………………………………………………… 127
像块墓碑 …………………………………………………… 128
屠夫和诗人 ………………………………………………… 129
微信 ………………………………………………………… 130
散场的集市 ………………………………………………… 131
方向 ………………………………………………………… 132
传承 ………………………………………………………… 133
余生 ………………………………………………………… 134
村庄物语 …………………………………………………… 135

第六卷　行板

山中水库 …………………………………………………… 142
人烟如画 …………………………………………………… 143
乡村演出 …………………………………………………… 144
路口 ………………………………………………………… 145
山中 ………………………………………………………… 146
苍白面具 …………………………………………………… 147
观音岩崖下 ………………………………………………… 148
隐形人 ……………………………………………………… 149
不认识的花 ………………………………………………… 150
孤独 ………………………………………………………… 151
照亮阳光 …………………………………………………… 152
偶然 ………………………………………………………… 153

山中偶遇 …… 154
过客 …… 155
暴风眼 …… 156
八月 …… 157
在路上 …… 158
花开无痕 …… 159
窗口 …… 160
干净 …… 161
乡村之门 …… 162
陌生的田园 …… 164
旅 …… 165
阔 …… 166
风雨兼程 …… 167
一场雷雨 …… 168
收割时节 …… 169
农家乐 …… 170
奔跑者 …… 171
立秋 …… 172
一片废墟 …… 173
秋老虎 …… 174
月亮 …… 175
归宿 …… 176
我们还得继续 …… 177
言辞的片段 …… 178
流光穿过树林和我的手掌 …… 179

农历三月 …… 181
当世界归于宁静 …… 183

第七卷　送别

长亭外 …… 186
古道边 …… 187
芳草碧连天 …… 189
晚风拂柳 …… 190
笛声残 …… 191
夕阳山外山 …… 192
天之涯 …… 193
地之角 …… 194
知交半零落 …… 195
一瓢浊酒 …… 196
尽余欢 …… 197
今宵别梦寒 …… 198

后记:碎片化的梅山 …… 199

第一卷

梅山，梅山

梅山，梅山

1

人们溯江而上
风声抢到一个没有实质的帽子
他们说是梅山神的

我的祖父在枫树下磕头
我的父亲在枫树下磕头
我也是。面对同一古树
雄鸡用血，见证人与自然的相互敬畏
都要好好活着
其实不简单

真实，在不断演化
它是一个持续发光的词
混在硝石粉的黑夜
我看见了土墙。土墙
挂着牛角火药鞘

你举星星而来。霉味嬗变
冷光精准剖析

发现是种罪恶
满天乌鸦,晃动墙的影子
云一拨又一拨
攀崖上岸。立主设坛。一种图腾
一种不规则的多单元结构
隐含在雪峰山脉的山水之间

山让山得以荫庇与荣光
万物令万物得以存在
水化万物成烟云。万物皆神
你也是。自己的神
自由之神
溪涧淙淙拂兰芷

一个筋疲力尽的离家出走者
一个错写身份号码的人
一个对生活别有用心的人
留下背影

歌唱他们,或神
在白天。在夜晚。在秋天
一片枫叶降落
一片云,遮住你的眼睛

山滑下来。古老的背影被拉长
迁徙的人们,被稀释

山驮着冬日苍凉
一只金黄色的犬翻身越过

2

继承者们四散而去

你满脸无辜
你说老屋这个隐蔽之词
衣钵深埋
我曾在粤语地区也领略过
更直接和原始的意义
同样是关于人之死亡,但方式不同
异乡人,无法漂白身份

歌延伸山脉。声线有的结成冰
有的像露珠,在你稀落的头发上

山顶,航灯熄灭
雨在下。光线软化。你说有梦
轻轻向我们靠拢

我、他、他们。原居民
你能给个拥抱吗？不，你拥抱的
不仅仅是生命
还有泥塑和卦象。漆树上
流着透明的历史
他将利刀含在口里，双手擎竹筒
他跪在地上

他们一生短暂
故事或许漫长
你走在前。后面是漆黑的夜
你走在后。前面是夜的漆黑
你走在时间里面
胸膛将恐惧袒露出来。一团火
照亮内心和剩下的路
无畏放下吊桥。痛苦和他们
会走过去。但你不会

山野漫过来。你像只鱼儿
你对我吹泡泡。那些旧报纸上的文字
试图吞噬这一切

但我们活着。我们是生命的传送者
就像石马江，静静地流。资水在流

3

我们会是文明的传播者吗
梅山神向来隐晦
人们只知道这里,那里

山里,河里……山川倒置
沧海？桑田？讲故事的人很多
粗俗、简约、自然的虚空
呈现于山林每个角落
他们轻松地走了进去

几朵云,躺在哑口无言的边际
不敢向你伸出树根的手
它们站立。像受潮的岛

天空灰暗。流星漏网
包括一些近现代史的关键人物
他们的性格沉淀

它们也是火。烈焰漩涡的轴心
恍惚有人光脚
踩向天边烧红的铁犁头
一滴血,飞越高山
嵌入残存的龙口房梁

背向一扇虚拟的窗。雕花的窗。哦
噢。窗棂狰狞,守护
灵魂唯一的逃路
二胡竹筒的嗡嗡声透过远处丛林的墙
像那个不善言辞的影子
而此时,想象
和空气中的精灵
在巨型石蛙的肚皮上自由舞蹈

时光曾将快乐的笑声凝固。在这里
时光曾将臆想症的病人收留

人们夸夸其谈
《山海经》没有资水的记载

4

超出故事范畴
就会很复杂
世界离洞藏的黑暗只有一步之遥
有人呼唤我的名字
还记得,你不会让我找不到

请停下挖掘的手。云雾本迷茫

请把月亮稀释，让微光进入
活生生的世界，活生生地生活

街道在低处。人们扩展睡梦
车来车往。集市上，沽酒的醉眼
倒在有家无归的异乡

他们宁愿谈起别处
你摸索着青色岩石的裂缝说
这是青砖黑瓦。里面有温软的字词
还有女人体香。黄金闪闪发亮
山的内部有只敞口唢呐
住着河流和风

你向我走来
歌一样的脚步

我跻身回忆的溶洞底部仰头看
天坑。荆棘围拢的眼洞
也是锯齿割出的眼洞
石块般的云朵坠下
寂静打破后还原成寂静

多少年来，滴水精雕的简单线条
构筑了神的神秘
良知纠缠于此

罪恶纠缠于此
文化和武力纠缠于此
追猎者带来自动化装备
多少年来,人们追猎生活
现在,被生活追猎
它们住在岩洞中眼睁睁看着
村庄远去。山体虚空

墙在黑暗中丢下自己的影子
黑暗幸存于火的波浪
一个万能接口衔接
永恒之歌。不是抵抗,而是兼容
生命之所以强大
是因为,万物归心

你口中念念有词。挟风携雨
能借我五路猖兵吗

5

白天推开黑夜的大门
你紧咬内心秘密

我想将路上看到的事情告诉你
但全都忘记

包括与我擦身而过
祠堂斑驳土墙上的原始图腾
包括它们遭遇的拆迁
和粗制的口号文辞
天空呈现宽阔
有人兴奋不已。有人沉睡
山脉沉睡
唯有你,飘忽无定

你穿过挂在电线上的我的衣服
重型卡车在我的血管清淤作业
你蹚过阴河
黄金浮泛,内心张扬
清水,清水。清水围聚渗出的星光
我想找寻什么
什么是怒吼的出口
你穿过我。醉生梦死的边缘
我需要静。安静
拴马桩倒在阳光没有发现之前

另一面。视野外
林中大路走过两个人
晃悠悠的竹杠上
一个被历史遗弃的沉重抬箱
祭品是他们喜欢的
祭文是它们喜欢的

对仗工整

一个女人,我的表嫂背着长管洋号
一辆无牌摩托车
箭一样穿过山坳
消失在丛林转弯处

但这里,这里是哪里
大门敞开。现场混乱
三教九流杂陈在种族私通的墙上
梅山神曾经居住过的暗处
风蜷缩门后
跟一串听不清的咒语亲热

歌声迟到,又最先离开
经幡起卦
一群卵石散开
一群云朵无人看管
琴弦小心翼翼

屈原在山那边写下梦境
我和你
没说话

6

你看到石墩。风云堆积在悬崖
它们投下隔世的咒符
它们给庙宇中央石墩的撤退留下掩体

你伸出落叶的手
是意外和惊喜
揉碎,空气中的潮
让我听到海螺的声音
它们包裹着浮木沉没

这声音,从土地底层传出
推开深夜沉重的门
不是哭。绝对不是哭
或者笑。是老年斑自然地在地表生长
是竹笋拔节、幽兰吐馨
这里每一棵树的气息
我都闻过。这里每一丝青石板的纹路
我都摸过。这里每一条溪涧的源头
断流或复苏,我都痛过
爱过。我爱过的黑夜的口语传说
让火塘获得宗教的理性光芒
死亡因此蒙上
温柔挥之不去

任何死亡
对于你,是新生的慰问或祭奠
夜就病死
在白天的怀抱

高山下,石马江还在流啊流

如果没有它,我怎么溯流而上
穿越这盘缠交错的丛林
南方根深蒂固的乡愁
再次举起烧荒的火把
战神或者猎神,已不重要
不重要的事物已经胜过重要事物
破碎的新石器
和陶罐也只是泥土的某种存在象征
我们都是象征性的
活着或者死亡

两根铁轨插向他们的家园
可爱的人们睡在山的梦想之上
神将睡哪

一些岛在乌黑的水面漂移
一些星球和飞鸟的羽毛
在垂下来的天空,不知疲倦

其实我们都生活在天空
独眼的内部。它永远闭着
我不想说天空是盲人
唯它把眼泪
留在我的眼睛

无论走多远
一条地平线时刻准备绑架
你看着我。它在唱歌
是四言古韵。钟鼓齐鸣
万种荣耀。阳光霹雳巴拉落下

你在密林间,马道旁
新建或颓败的地基上,是种意念
你在田野上,像个人字草垛
抵挡着秋末晚来的风凉
你在石墩上。夜在低处成长

山头躺着一只犬
一只金黄色的犬

第二卷

天净沙

枯藤

一条雨水绝望的通道
抖出云影碎片，我取下太阳镜
天井的审判庭，挤满卑微青草

佝偻在木楼梯转角处的黄狗
发出一声沉闷咳嗽。很多年以后
阳光还是旧阳光
啃食的羊，扑在青草上

一根枯藤窸窸窣窣，远离春天
它说不完的话
挂在信仰退场的腐朽栏杆

你不能给它唱歌
你不能给它正名
除非这座旧祠堂消逝
除非有人，将记忆谋杀

枯藤吊在那里
和你讨价还价
它会消失。你也一样

老树

几片枫叶枯黄
侧面的高山,被雪封存
围猎的人们,藏进酒债

我吸了一口烟
握住伤痕的手
咔嚓一声,树上跌落一团雪
树下,香柱燃尽

送照片的人走在正月
找到几声哭泣
我记得曾将照片寄给你

神性之光盈满风。老树苍老
背景是年青的丛林和长夜
它的旧伤疤
曾经擦亮猎犬残留的目光

天空坠入,熄灭的海
若干年后。你会在大数据里
看到红枫叶挥舞的手

昏鸦

一只昏鸦,在天空
击中你的眼睛

你越是靠近,越是胆寒
七零八落的木块、砖块、言辞
它们,悄悄包抄了你的退路

村庄,在光阴的描绘下
被放大,变形,脱离构想
人们,都向往好住所、好归宿

但他们,在遗忘的场外
重新注解:甚至将欲望的大街
从异乡修筑到自家门口

一只昏鸦,落在天空
俯视下的腐旧房梁

小桥

雪峰山脉用隐喻的方式
深藏龙骨和肌肉
我松开鼠标。河流湍急

一篇骈文,徒剩
几个斑驳背影
你我之间,一定有座小桥

用石灰泥浆刷墙的老匠人
放弃了传说
他们,还带走了还原战场的法咒

我听到你森林暗处的飞歌
苇草随风动摇
天空没有遮拦
河流垂直入地
大地空旷。自由人奔跑

一只童鞋遗弃岸边
他们说,渡船就是独木桥

流水

悬崖在上，阳光在上
一切未卜先知的卦象
钉秤杆的梅山匠人的遗忘
无际无涯

码头上，碎银落资江
某个深夜在喘息
为一本古装书。那件裱装的长衫
忘记了缝线

纸页纷飞
油灯明灭
握住了柴米油盐的手
扶不住旧墙的倒塌

可是，这一张张黄色脸孔
与我相逢陌路
神哎，你何苦
让我山间踟蹰

人家

人和家
有人有家,有人无家
无人有家,无人无家
天地归容。一个词,守望着
山路,飘荡

白的是糍粑,黑的是猪血丸子
纠紧亲人肠胃
可人家沉默无语
他们,一群挑夫,一群手艺人
戴着面具的土地神
茶马古道,在飘荡

我无法将全部背景描叙
我的祖母,守在黑木房
深夜,纺麻

冬天的风从南方山口吹过来
我的母亲摇着我的儿子
土砖房守着一台二手电话机

我的妻子会带着她的孙子
在水泥房里,守着什么吗

南中国的风
从冬天的山口吹过来

古道

山,在延伸
它们的影子。他们的歇脚之处
唯路,和坟地

竹林流云。陌生的你

他们,逢山开路,遇河架桥
人在,路在
他们,躺在宽阔的地域
不用回避阳光的暗伤

还好,田野还在
村庄还在。荆棘丛越来越深
云雾起,我依然
描绘,高速路边摔跤的风

青石板,寥若星辰
长亭复短亭

西风瘦马

风从西方来
天高

一个农闲老漆匠，摸准节气
刮灰、打底、刷漆
九龙山异常冷峭
该露的露。云烟仙去
琴瑟无言语

直到大雪在某个深夜
突然将现实翻盘

直到我，站上滕坳岭的山口
古道。我怀想某年
雪将山融化，西风翻越
瘦马伶仃
画中我活了下来。活下来
走南闯北，融入
千万流民

悲悯之中，热血淋漓

夕阳西下

向静，向沉寂的数据库
坠落

鸡栖于埘。人疲于事
时光一边哼摇篮曲
一边又往人们的美梦投放恶兽

他们越江而上为了什么
他们舍身离去又为了什么
我在遗忘中归入
他们的沉沦的坟

唯有你，不言语
无声击林樾。大罪隐洪波
我走过你
途径乡村、城镇、乡村

通过先进的准分子手术
你就死在自己下手的坑里

我会看不见

断肠人在天涯

雨在下。雪峰山不见了
资江不见了。梦中遇见的
和有关你的传说，满地梨花
相爱的人、亲人、故交，生活场景
雨将大地上的事物揉成一团
还是晚上。雨切断所有痛苦和寒冷
成为车船外唯一幸福的媒人
路在超量使用抗生素。途径村庄
雨水咳出一口浓痰，赌钱的人
他们幸灾乐祸，喜欢深夜淫语
芭蕉呻吟，还有醉眼和牌的顿悟？
恐惧和理想碎在脚下。他在路上
路在远方。路死无葬身之地
但你陪伴着我。这场雨夜电影
没有火焰。一个外乡人随返乡节气
被人们和雨排弃，在山林外
意念外。我和你，像幻象
我们无法见到她。雨收走脚印
雨一直下。车船飘飘

我和你，通过窗玻璃互相欣赏

第三卷

神而上

启蒙

描述的风，带着火塘的温暖
人昏昏入睡
孩子们，忘记了家庭作业

木屋门前，青草齐整
树林里，藏着呼吸
神话中，有梅山神

没有元音和辅音
不会筋疲力尽
星星的窝里，孵着小鸟的叫声

我们顺着屋后的梯子往上爬
夜空神秘
它有一张老人脸

那些反光的事物

一条林间小道
我顺着你的路

深夜,人们陷入电游的梦幻
墓碑隐于草丛
我怀着,对众山之海
抑或梅山神的敬畏

当你的船于暴风骤雨中失明后静下来
当你睁大眼睛
清澈元初的惊讶
我换上穿越的脸谱,跟随夜
喷薄的激素在扩散

铁犁弓腰走过
留下梯田千年的波影
留下新鲜泥腥
留下谷地春潮的绿

我和你面对

我把你投入一部无文字的烟火剧
坡道倾斜

是的,那棵大树
它将成为山林的阳刻文字
如果有一天,当你,当你们想起

黑夜。黑夜走近
这片蚩尤部落的领土
将大地点亮

夜之门

白炽灯说着咒语
你说大雁向北。向北
黑压压的人迷失在旧站台

一条隧道从山林飞来
诱惑的小径,有时是苞谷叶夹道
有时是红薯叶铺霜

远离疫苗

在没有开化的河流之上
那里有神驻守
云半掩,夜的门

有时是独木桥通向园子
但终于,你漂走
我想起我,是一个杂念缠身的人

不是他。也不是他

木芙蓉

菜园的眼睛，深藏着
一张巫医的脸容
它们，摄人精魄的光芒
在水玻璃上跳舞

我攀上枝头，细心察看
属于蜜蜂的晚秋花瓣
我曾经这样写道
“木芙蓉里隐约着耳语的死亡”

当我回头，乌云的建筑
浇注在水面上。村庄在重新定义
水，成了地下冤魂
散落的星星支起老屋门前的池塘

枝叶摇曳着某个秋天
它们的白色有时掺进血
它们有时是红色的
直到现在，刚刚

清晨

清晨,你披上神的风衣
高高在上的姿态
撞见,低着眼帘的冬日

他们的头颅,靠拢大地的内心
那里有个磁场
紧绷的弦,在等待

我从废墟中撑起
你唱,昆仑渺小
你唱雪山。雪山飘逸

他们在赶潮。时间的基因
已经变异。我在清晨忘了我
甚至,你的存在

秦山夯有娃娃鱼

它们,在幻想的国境线上
他们,也是盲流
将各自的脚印清除
在通往寺院的古道

哦,老伙计
我不知道你隐藏在哪条溪涧
但我能感知丛林里视线犀利
某片颤动的叶上
那滴露珠,它完好无缺

等待一滴亿万年的泪水
因为迁徙,因为生存的狂热
我们失去了双手
我们用什么去迎接

因为光芒的不确定性
我们逃离,换来丛林的呼喊
村庄夜半惊魂

那些有关娃娃鱼的传说
它们三更在秦山夯发出泣声

神话在找人。鹅卵石的天空
残留着水波消退的阴影

给山神

当你，潜伏在时间的血液
日夜清唱
当更漏、声残，风雨无渡

我们已将自身抛弃
我们沉浸
脱缰疾驶的画面

暗色的云朵被扬起的尘烟替代
一种力量，在展现
一种冷峭不羁的性情

身处急速膨胀的年代
心如沙地。我们竭力找寻一个理疗场所
一种清静

长风烈，车轮飞

水中花

风坐在船上，想起
坠落的纸条
或者忘记。月光撕咬雪孔的呼吸
冰粒的泪珠
挂在两根平行弦上

清澈、透明，包容着
金质声音。它们穿越丛林
划破夜空——在某处旗帜高扬的坡地
聚结，像死亡种子
当你，抵达古战场边缘，像潮气

你无法入静
你设想过用种种人生和苔藓般的云影
来掩饰，包括后山顶寺院的遗迹
包括路过但错过的
大雨的脸孔、等级分明的时刻表

谁能唤醒来自枯竭内心的细胞
从个体破灭

联想到更多破灭
你,漂在一条污染的河流之中
你,一滴不透彻的水

豹子的脚印

你掐没烟头后闭上眼睛
他的影子,拒绝
方程式赛车的轨迹
在楷体的密林奔跑

宗教的月光下,芙蓉花像女妖
吐出耳语的麻醉
玻璃碎渣埋进某个废弃的土窖
那里烂红薯的霉味早已散尽

曲高和众的夜歌
没有舍弃每一粒可以浇灌的泥土
他们,还修建了惜字炉塔
陶罐盛酒

你回到散装酒中
街头叫嚷的眼睛,爆满篝火、血丝
我拍着你的肩膀
你进入我的梦乡

节拍。节拍。他、他们、和它们
更需要时间
这个词是马戏团所欠缺的
包括,豹子的脚印

梯田,梯田

你可以经梦想的高速公路抵达深夜
一脚踩一个山头。像
神婆说起这地带的巡界九郎般威猛
呼云、唤雨

你可以将山尖昏黄的月亮埋入梯田
作底肥,照亮守夜人
常年的愿景。像将一盏不眠的油灯
当作基因芯片植入

甚至,你可以逆着山脊龙鳞的反光
像个人文学者,将无知
注入申遗的黑白照片,一边享受着
呵护的疼痛,一边残踏着

但你只是整理田间杂草,看光芒
碎片落满从大地凸出的笔画
树影浓,山影更浓。它们遮盖着
石板小路,马蹄声

我更惊诧你引来春风，将田间脚印
抹平，在稻种未播下前
趁人们像村寨一样熟睡，点燃山坡
我醒来。我被你遗忘

月亮升起

一座山峰矗立群山之中
无数座山峰,矗立群山之中

他们是雄性的。他们供奉三牲
他们将一生献给云雾为家的神

某天我问神来到大海看苍涛碧浪
包裹着山上桑田。我的船只沉没

神让我认识我们的祖先
海让我宽容流浪——雾把我融化

我忘记我下山留下的背影
你想起。你走上山。你牵住云朵

充气城堡

罗盘在转,星球在转

拓荒,拓荒
播种,移栽,施肥,收割
我们用上化肥,农药。铁匠铺没了

拓荒,拓荒
石匠,砖匠,木匠,瓦匠
我们买回钢筋,水泥。桐油铺倒了

拓荒,拓荒
钳工,焊工,风炮工,抛光工
我们外出打工。担货郎埋在山那边

拓荒。我们不断地给自己充气
养花,养鱼,养鸟兽,养心情
忘记罗盘上的歌谣和架房梁的程序

拓荒。我们忘记拓荒的实际意义
城堡之中,建起城堡、信号基站

白天将山忘记，夜里将水忘记

拓荒。这山中城堡里的追随者
今后，或许也不会有墓碑
或许墓碑，会被二维码替代

罗盘还在转，我们一起
将星球忘记

高山流云

阳光照在你的眼睛,夭夭其华
阳光照在你的脸庞,灼灼其华
阳光照在你的身上,艳艳其华

照在马鞍山的峰驼上,箭竹里一只鹿牯
照在苍毛岭的桐树丛,茅草中一只猎狗
照在岩垴上的松树林,一群野菇无人捡

山之南,几户瓦房错陈。小溪如练
一台挖掘机伸缩着铁臂
呼啸声将小径掩埋。山之南,梯田漫漫

鹞鹰旋。行者端庄。锣鼓鸣响。唢呐吐腑
空地上,纸马灵屋在稻草上燃烧
入俗和尚吹响隔世牛角,我递给他一支烟

死去的人,活在地狱和天堂之间
活着的人,死在地狱和天堂之间
我递给他一支烟。他眯眼静看人世和阴间

阳光照在他的袈裟上
阳光照在我的肩膀上
阳光照在我们的破衣服上

照在院子里,菜园里,池塘上
照在人群散去的杯盘上
照在通乡去省的公路上。耀耀夺目

我在转头的刹那,看见一朵流云
你踩住刹车的同时降下车玻璃
停在逆向,一副墨镜,妖妖其华

夜语

我怀疑村庄与河流的出处
夜幕拉下,一棵棵树在视线外
像吸引追猎者的目标参照物

它们,等待云数据的处理
等待人,去将星星排挂
照亮雪夜和路过的风

一个垃圾制造者,脱离了内心
理性的指控已瘫痪
路灯的苍白,会抵达山那边吗

我在说什么? 我说过什么
我喜欢山村的神秘
我已经不习惯说出什么

黎明之前

时间是个隐形法器。
让悲伤消失。
让快乐延续。

在它的已知和未知中，
我们相隔越是遥远，
越是甜蜜。

一堆零部件在飞翔，
占据着整个空间。我想辨识
自己的方位。

我想成为一个刻度标志。
我一次次地进出，
快速地，如过堂风。

飞回来了。我又飞回来了。
我终于失去了你。
在黎明之前。

一片宁静

信息技术处理过的风
吹向野地,吹得梦境抬不起头

从前,我把血肉交上
现在,我把灵魂贴上
这是我的家吗?这是我的家
我的村庄。我的山林

从云贵回来。从南粤回来
从东南西北回来。从县城,到乡下
一头露水。一片山色

豢养着几只土狗的老蒙
醉眼带我去巡猎。他还记得
在兴安岭雪原中背我寻医的情形
记得我工地上肩挑的尴尬
但我们,也都回来了

千里迢迢
哪怕留美、访英

哪怕原地留守,像梅山神

人回到家,回到村庄
村庄回到山林。湖湘大地
我的祖国,一片宁静

漏洞

有些可以补
有些无法
用常规心态和行为去滥竽充数

譬如,不适宜报表中列出的某项指数
譬如,长期空置的老人内心
和新买的棺材

请准备好:唢呐、牛角号声、眼泪
和我现在的心境。还有时间
带来的麻醉剂

但老房要收拾。该加瓦就加瓦
我对父母说,不能含糊
一定要请检瓦匠

穿过裂口的光,穿过墨镜和眼睛
我想象检瓦匠匍匐在屋顶
将我的意识蒙蔽

山村的上空是个更大的漏洞
这应该留给梅山神
女娲会叹息的

容我诉说

我希望将我知道的
讲出来。以延伸记忆。以诗的名义。
但我不知道诗是什么。

我听过村子里半夜悠长的夜歌。
它们围绕逝者。锣鼓敲人心肺。
人们敬畏。我愿意接那声过文后的唱词。

我愿意将线装经本保留。净身磕头。
成为不是最后的歌者。三牲祭奉。
将刀耕火种留下的一颗种子传承。

山野萧静。山野请你不要浮躁。
胆大妄为是荒唐的。你不要不相信
这里的神。自然的神。正义。善良。

我希望神能宽容背离和成长。
我希望与神一道。延续家园。
纯和净,从高分贝里透析出来。

我希望人人都是诗人。
满腔热忱。不会卖祖求荣。
也能包容,而不是排斥或者逃避。

我不需要知道诗是什么。
但我需要生活。需要梅山神。
需要山河。需要田野。

深度沟通

恰巧你有好主意。我们踩到深处的云
天空是垂直的。我们来到山里
拜访自然之神。新闻发布者情态端重

具象或意象。表象或精髓
方向相反。殊途同归
呵呵。实质到了供桌前，但神遮着面

是的，我们可以忘记苦难。时间——
本源的东西。像霸蛮的雾气
它们仍然在这些山山水水之间游离

它们无处去，无须去。区域的梅山神
也是局限之神吗？不，不，不
我是说臆想。我们没有法眼

生命：一台进口挖掘机
跟一只野地黄蜂，两个名词混淆
轰鸣之声给山林腹地带来阵痛的快感

爱情:就是我们站在断崖上
你知道蹦极吗？手掌内那条粗麻绳
直接坠落。我们没有抬头

事业:分路石碑上标注着弓开弦断
箭无回头。但风,会左右命运
行人啊,他们已将马道遗忘

他们,手持洛阳铲,通过卫星遥感
自然的梅山神会知道
这些吗？种种迷惘。深不可测

地形图

信马由缰。那些村落
急速晃动着
资江的渔线拽着梦的浮子

路,穿越眼睛
将未开化的口头传承传承
妄自揣测

青山来不及掩盖的黄土
顺延成倒塌的墙
一条河流躺下去了

你也躺下
谁会在梦里用剧烈的磨牙声
将它们吵醒？是你吗

困惑

令人困惑的事物很多
林子里，神留了下来
还有你的呼吸

虫鸣草丛。风干思绪
人们相继。在视线之外
在你我旅程表的计划之外

送快递的按时赶到村庄内部
像光纤中的讯号
突然掀起神龛上的红绸布

门开了，又关上
天空还是那么沉。天空之门
拒绝史籍

你不能说失去
你不能说背叛
你不能说封闭

夜里三点我醒过来
一片黑色海洋，躺在村庄上
你无法拒绝

资江倒影

湿地已隔离泪水
收拾掉自己的最后一个脚印
迅速转身

岸,把人们抛下
光阴渐暗
天空蒙上夜歌无法触摸的碎影

船向出路靠拢。侵略的建筑
毁灭的同时复制着新生
那些水滴的呐喊,它们渐渐淹没

你将去哪
夜来了
夜的倒影插在梅山的山地上

荒野在说

我越来越小
越来越小

在人们看不见的地方
溯源。乱石丛平静

或者包裹画外之音
或者凝固死亡

你,越来越靠近
风暴的涡轮
藏在人的脚印

我听到芦苇荡中风咬秋叶
我听到丛林老树根口中泥土的炸裂
我听到湖底游鱼化石里的泡泡破灭

你靠近我
说,请离开我

请原谅我荒凉的内心

无法找到还原按钮的手势
屏息在石刻阴文的苍凉笔意
我突然走进你忘记存在的状态

眼帘低矮,无法跨越
你内心塌下来的梁柱
夕阳落幕。最后一支光点亮

漂浮的腐旧台榭
那是你的骨头
也是你,最后的一缕魂魄

它们支起一个野藤繁荣的假象
和一片还未坠落的残瓦
它们在等密集的鼓点和溶溶月色

原谅我,今夜又打开关于你的镜头
梦想破碎在梦想中
生活背叛在生活里

形而外

某个并不被认知的实词
在模拟木楼板上的脚步
人们匆匆,走向一堵墙

越来越多的车,穿过村庄的信仰
他们走了。一只黄狗带着怀疑的目光
跟上我。直到我不再怀疑它

眼睛,被一些暗物质扫描
你在躲避什么。你在延伸触角的同时
你在退缩。人们视而不见

他们等到剧情高潮,不知悲喜
一株泡桐树从石板的地缝中抽离
叶挂初秋,像你抓不住的温暖

像站台,捏住一张遗忘的车票
他们的冬天与冰雪一起脱轨
世界蒙上初春育种的灰色篷布

阳光给黑匣子扎上红绸布条
他们走了。墙开始剥落
还是以前那只狗吗？一声不吭的狗

竟相忘

绷紧的弦
在你身上

当一根针,刺穿魔术中的肥皂泡
当黄土,风崩离析

一个孤胆
夹长空。绝云崖

生活之中埋下黑夜的叫嚷
旷野深且沉

你,我
竟相忘

第三只眼睛

很多情况是这样的
我就是你,你就是他,他就是我
一个人,处于未来
现在,过去。这时候
神睁开第三只眼睛
委婉的措辞从混沌的天空跌落
一个柔软女声
黑漆漆的
噙住

关于神

低矮雾岚在眉头凝结
最初,是阳光
打圆场。然后是檀木的紫血
唱诵声缓缓变凉的月
他们,看不到霜雪的骨头
黑棺木在黑色的土中
伸出漂亮耳朵
他们,紧锁的目光
看到众多的行者
乞讨在荒芜大地

门前

之前,有硬邦邦的钟声
敲响它们的人,已经死亡
或正走在死亡的路上

在路上,木犁跟着土地被撕裂
我不断变换交通工具

漆黑的夜
篱笆腐旧
四面风吹

我走在自身疯狂的笑里
楼梯旋转
我走在大雪的暖意中
森林停止蜂鸣
我走在珍珠散落的大海边

来到,你的门前

月光下

一张干净的画布,缩小天空
石头坚硬。意识冰凉

万水千山隐藏
你的背影风干

我捡起自己零散的骨头
悬崖上画出两棵对仗工整的树的形态

一棵像我。另一棵还像我
而你居于之间,石头之间的石头

世界存在不靠谱的音乐
我的血,唱词聚集

人们没有听见

山村

——致约翰·丹佛

它们还在。季节还在
吉他的音口
一线低矮的参差竹篱笆
山坡上,草丛有漂亮的漩涡

柴垛透过山神的影子
露水的眼睛
潜伏着唢呐。它们唱的山歌
很快聚集成冰凌子

一团坠雪
它离开枝头的故乡
扑向人的冰冷后颈
你在前面。一路颤音

映山红

悬崖踏着我,与太阳擦身而过
它,把影子留给你
一支隐藏了多年的队伍

云雾奉献了所有的力量
映山红开了。人们在烟火中
酿出一坛老酒

迷醉的你,红霞满脸
我已失去拍摄或临摹的勇气和能力
失去了爱。我的爱

你不动声色的吐纳
一步之遥
不可企及

一万匹马,奔向古战场的月光
踏碎树林和天空
你的容颜,不曾改变

他们说,我不曾来过
人们不会怀疑。人们匆匆忙忙
走向另一个地方

山谷迷情

树木呼唤我小名的声音
被云雾濡湿。岩石的眼睛
有人逆着流光靠近

他们跟过来
见证了瀑布有魂
水在绿叶的颤动中颤动
谁曾惊动过它们

谁曾趴在云端
跟鹞鹰一起,让箭矢目光
只能停留它们表面

有人疯了。我在低处寻找
岩石奔跑,丛林在飞

人们习惯
将街道摆放在脉冲的山峰之间
躲荫。他穿过
再也无法清醒

第四卷

夜歌

清明

清明之河，两岸宽敞
无数土黄纸的手晃着
直抵，不为人知的山林
从街市出发
雨水，闯入一堆长衫老人中
我庆幸年轻和活着
河风习习。杂草撩开石碑
我的名字清楚，站于下方角落
不清楚的，是在给祖宗立碑
还是在给自己
或者，竖一个美好前程
留给后来。露水里
我的孩子在与春笋比高
这时候，是不是应该回去了

晨雾

梯田的花边碎了
他的拐杖,支起山梁的帐篷

天空,一只独眼巨兽
它用人的头骨,煮酒

如果阳光绞盘的绳子突然崩断,或风化
枝头的鸟,会不会掉落

他还会不会有酒喝
他还会不会在清晨醒来

山雨

雨把我们包裹起来
它还是伞,是睡梦的挡风玻璃

森林安装好了心脏起搏器
我们向着神秘行进

来到文明的出处,邪恶的诞生地
河道疯了,它的马达嘶吼着

雨啊,天空倒地舀取了所有
矿床惊恐,忘了人们的幸福

晚来风凉

那些柔软枝条
触碰到你的旧羽绒服
这是早晨发生的

影子说,你白天的苦苦措辞
无法保留
夜晚,招手就来

柴门未关。鸡归于埘
家狗一样的影子
惊落,枯叶上那滴凉风

一贴瘦月亮
捂在大地的脐口

邂逅

藤蔓缠绕，小径通幽
锯齿形的叶驮着我
它把自己想象成一艘巨型邮船

野地的一只蚱蜢，我愿意
所有喊过我小名的人
在隔空等候

如果某天，你们
像旧教室里的先生点到我
或因礼待路遇的过客
惊起草丛的触须

凸出的昆虫眼中
有人找到一扇搁浅的窗户
蜂鸣的翅膀
缓缓透过放大的镜像

一些人，他们消失

子夜

那些野地上的蘑菇土房
逼出虚浮的夜色
逼出,露水的贫寒

那些隔着世纪浮尘的阴刻文字
在祠堂的额上
发出实质回声

人们睡得很满足
犬声陷入警醒的外围
你闭上汽车的眼睛

青色山梁就在挡风玻璃外
幽幽呼唤。它的声音
吞噬着古老磨盘的轴心

半轮月,悬停夜空
一个不速之客
走在归家路上

夜歌

一波又一波。足音的山冈
漫过来,像他拨开的雨雾
像送葬的人们,很快融入天明
天明了。一截断木堵住大地的咽喉
所谓盖棺论定,四言歌断
但歌声早就激起人们的无惧
唯一的听众,他
朝着更黑更狭长的道路,行进

弹词旧梦

说着说着,就开始唱
柳絮,纷飞
莺歌落进了水车龙骨
吱吱呀呀

是你的旧身影
带我走进三月
一幅春耕田野
小景象。唱暖寒冷的小林子

一把旧二胡

拉二胡的人，坐在桥那边
他的左手，按在
村后夜色中的石马江源头

纠结中的影子
像山坡上的孤坟
像驼起的背，像马尾的山梁

他合拢了石桥却断裂了脊柱
一把旧二胡挂在黑夜，弓离曲散
人们开始用遗忘，来加速

桥，颤抖着。月亮的阴暗部分
在影子的怀里奔跑。车里，车外
你想把琴声安置

你深夜回家
灯光嘶哑的喊声，激活了那些影子
那些隐形的波动讯号

一场葬礼

有人用手机翻出一段流水文本
低沉的语词急匆匆从深夜赶来

安慰是朵隐迹在旧陶罐的月亮
向你伸出不能相握的手

身藏悲伤的人穿着笑的尸衣
磕头的人,转身投下生活赌注

是的,世间需要更复杂的表情
所以富有,充满想象,像明天

明天,你抛出远方的卦象
将时间混合,在北风里掩埋

又一场葬礼

大雪扑向炭火，我攥紧归途
田野脱离了某幅写意的国画
那些枯败的禾兜建筑
那些古老回避牌

在被伤害的路途，被举起
他们的影子，沿山嵌入
大雪预留着席位
我努力地想不起，谁，是谁

黑暗，照亮雪，照亮油灯
烟枪的铜嘴拍出变形视频
火盆中有温软的祷词

那拜忏的经书，那手描的墨点
被鼻尖上的劣质玻璃放大。放大
直到，黄纸的魂灵落土

大悲咒

好吧。就从这里开始
但我还得参考各地风俗。这里
盘根错节。资江沿岸

山岩耸立。当钟声敲响
是否,你们
都能像广场上的大妈,准时脱离

各楼宇的厨房,放下手中刀具
来到。深山的兰花
在风中,吹响远古笙箫

你们看到,尖顶上的灼热光环
你们,有的在路上粉身碎骨
成为精英的上等饲料

成就一条食物链。你们的生命
由此继续。我将统率
让恐惧的羊群在水墨中,消失

等等我

我曾设想过,千万次
群体性的恐惧

人们垦荒,赶走鸟兽
收获野百合叶上的露水
现实的帮凶,阳光下
享受着重复成本的劳作

更多想象开始叛逆
溪涧断流

盲从中我听到变频电流
在密林中的叽叽喳喳
熙熙攘攘的影子,有的拉长
有的迷失

山沟沟里晒白的石块
它们前世,活在琴瑟的和声里
它们的今生,像我

我们都想潜入泪水。风不答应
说暂时不答应
等等吧，等等麻雀们
一起捡柴火的，我的小伙伴们

和下雨有关

棉被散出硬冷的浆洗苦荞味道
我饿得哭。小的时候
她对我说，她的眼里有一点光

门口两只井水倒尽的木桶
像她的眼窝
我还记得她那架旧纺车

她坐在生产队的晒谷坪角落
用听觉驱赶抢食的麻雀和鸡鸭
阳光下，像山谷的夜空
她戴青色头巾
一身青色短襟
一双青色布鞋

我还记得，老祖母对我说
"秦山夯落雨好晒谷，
寨上来雨打烂屋"

落在林子间隙的房舍

黑夜驱动着一群牲畜
往平地,往河流的岔口
惯力穿透历史
风保持着它的原始性
思想在渗透。磷火跳跃
有身影闪了一下
落在林子间隙的房舍
像废墟之上的瓦罐
收集着能够发芽的种子
和一些抽象的符咒

大雪封藏的村庄

看不见村庄的眼睛，是否
戴着眼镜。一个国度，一袭长衫
飘飘飘过。就好像
一个埋身乡土的儒生，他指尖上
堕落的文字。星空下，檀香轻舒
人闲。露重
只听到雪山雾霾之中的湖面
琴声划破静谧
斑驳国画的草檐
压着一枚无法辨识的红色图章

相框

巨幅山野在鼠标的指引下缩小
它的四周,我装上
浓烈桐油味的杉木条
腐旧的树兜！长出几朵蘑菇
我忘记采回来

这幅图
有祖父压在柜底的青色长袍
翻晒时的土腥味道
他有一长一短两杆竹鞭铜头烟斗
他笑眯眯的

我身兼设计师、工匠
材料的盗伐者
我想把底片嵌入神龛的视网膜

树林里潜伏着自动车床
半夜发出的撞击声
沿着纠缠的小路
一条立体电影里的蛇,向人扑来

这时候,人无法清醒

水手，或者舵手

他陷入这些山
一张张的弓
挂在更大的天穹

他，像更多的他们
生活的画面如此美好
生存的过程如此简单

搁起画笔。我更想
重回孩提时代。没有水泥路
没有令人颓废的外省生活

我们想起小时候的竹弓
他比我射得更远，更准
我们更像常年出海的人

磨刀石

象矶上的土路光滑
像老屋水缸旁的磨刀石
远处山梁波动
如磨刀石下沉的腰线
微风吹过来
隐隐嚯嚯声
人磨刀，刀磨石，更磨人
我的祖父，如此说

这个夜晚

马灯，照亮祠堂的老
还把戏台上的唱腔和二胡
也投射到天井上空

你是它们遗忘的一个过客
它们，是你无法提起的山峦
是你无法点亮的渔火

从壁画上走出来的神
包括莲花朵朵
它们，吹去你身上寒毛

风徐徐地吹
蠕动的坟墓，醉卧山冈
你，手提一盏旧月光

村殇

低矮天空的瞳孔，缓缓放大
它看见了旧历上阴干的一滴夜露
经年流火唱不醒的村庄
挣扎在墨迹发散的繁体字里

月光将树林的影子草写
远离的脚步，反噬着异乡人
你要去哪里？黑色之山撤退
天空开裂，成为伤口

星光大道

一条高速公路钻进山林
一条高速铁路钻进山林

路上的山歌，开始走调
人群在阳光下讨论美好生活
他们将影子拖到临死的神树下
祭奠。他们喝了酒吗
我看不清楚。一拨又一拨
像送葬的队伍。山林长在坟地上
他们和林子相处融洽
进进出出。白天和晚上一样
悲悯和漠视一样
我和你一样。草丛觅食的野兔
在飞来的闪电前停步
它们的眼睛里也有他们的影子
生存的奥秘相同
但路，将我们抛下
路抛下堰塞的湖，狼眼放光
抛下村庄、还没建好的城镇和墓园

一条高速公路钻进山林
一条高速铁路钻进山林

秋风劲

秋风劲。秋风滚过天空
远远的,撕开山口
秋风滚过泛蓝的水面
我站在坡上。白茅飞絮
秋风收走了金黄的玉米
我只剩下空空的内心
我听见骨头里簌簌作响的声音
颓废依附在玉米秆上
它们将山脉的波澜融进我的血液
与秋风不再有瓜葛。秋风里
一个形貌不良的装殓者
撕下群山的青色殓布

火塘

永远的光芒,舔破窗纸
把温暖从遥远带到遥远
分发,影子的食粮
可能是煨熟的红薯或者烫手的山芋
他从荷包里摸出几丝旱烟
正月初一到十五,火不能熄
他们说梅山神无处不在
他们说人要实心,火要空心
干柴烈火。火,家的主人
她们在纳千层底
低声唱山歌,笛声和
她们,拴住长空中的烈马
我在想你。你在做什么

歌声

歌声与你隔着一层纸
岁月黄了
岁月跟着你的背影

它将流浪在潮湿空气中的音符收集
风干。你将虚和实相间的影子
裱在我眼睛上。他们都在说

往事依依。命运与路相左却相安
在田野,在山坡,在春天和秋天
在人迹罕至的词语深处

不带走半点叹息。跟你一样
跟落花的脚步一样
无声。红尘滚滚

雨夜

雨夜在哭。山在这里
被白色灯光的墙遮掩
经过度治疗后留下无法抑制的梦
雨水饱含重金属

雨水,绊住泥泞的路
压低山坡和瓦檐
一个村庄浮在那,像是棺材盖
掠过人群

树林里,窜出几只乌鸦
野草莓长在荆棘中,是红色的
你采摘到黑色的蘑菇
你的眼睛充满血

几根竹篾火烛
照亮逝者纸糊的窗
有人在念叨着
走吧,走吧

一条不确定的路,走了多年
多少年？雨水淅淅沥沥

一片落叶

一个句号找不到家
那些沉重的字
在冬天的夜,归于沉寂和虚无

你在丛山之间的小路上走着
一轮月亮在灰色的天空上走着

像矶上,年迈枫树的光秃枝丫间
挂着一只眼睛
你想和它说说
天气的变化
树下柴草房寡居老奶奶的过去

人们经过。有力的脚步远去
留下村舍在安静的夜里
像落叶,躺在山的梦中

你读到故乡这个词
月亮走上枝头
摇摇晃晃

声音

林深草密
山的原始性开始修复？我的方言
已经不纯粹？洞夯湾的坡上
那些花脚蚊对我发动了攻击
我想借助这棵野生老杨梅树上的红色
或酸甜的味道
来恢复麻痹的记忆
或泡一缸酒
一种逆向的力
拽住了颤抖的双脚
它们在倾听一种声音——
一支口头传承下来的歌
蓝色的山脉
幽幽地唱

提灯的人

等等。让我静一会
投宿的人。尽管我也必须往前
深一脚，浅一脚
这座山，那座山

立秋前要把晚稻插下
一段恐惧的路程
我们都在奔跑
她突然说，"就在这里拐弯"

天空，繁星俱灭
我想起安坐在村庄中央的神
和它的代言者们
提灯的人都会去对它倾诉

一条失去指示碑的路，山水依偎
"等等，慢一点"
让我梦。让我醒。让我静一会
让你，中途悄悄地下车

第五卷

白话

岩口

沉默就是张开嘴
面对人,甚至日月星辰
能动的,扎根的
说不出很多很多的话
四周一片静。山低草伏,河悬水停
就是我感觉不到你的存在
和世界上存在的存在
但你仍在继续言语的风暴旅程

像这九龙山下
潜伏的溶洞里
潜伏阴河边淘金养家的男人
他们没有昼夜,抛弃台词
我曾经多么希望跟随啊
为了简单存在和站出来说话
他们选择沉默。当我
再次站在入口,你也依然沉默

罗氏宗祠

村子中间,我们相遇
越过记忆和几堆随意的河沙
我见到你的衰老,壁画剥落的墙
一股即将归土的气息
我不肯定发现或惊觉,太早还是太迟
面对擦身而过的你
我们就这样,面面相觑
你想将你天井内部齐腰深的杂草喊出来
你想将你脱榫腐旧的木梁肋骨重新安置
该雕花的雕花,该描金的描金
你想……但我不能说话
我担心斜瓦掉落
我担心童年受伤
我担心你,不是你
我们,就这样面面相觑

棕粑桥

人和事,都在浮
那些老人离去,并将桥的具象带走
什么时候开始
人们用遗忘来提醒自己

寒风提着火灰箩
一个沉静的方位词
将听故事的人们,换装中转
仿佛单线广播的磁铁内芯

有些人生和信仰,宗教
在紧闭的眼睛中架设
棕粑桥,也称铺里
是塘头村难以割舍的一个词

货郎担的歇脚处
正月赌小钱的汉子们,卷入
另一种传说。他们的身影
与湘黔古道背离

像高速公路隐没于地平线
民国已经暗淡
那些铅笔重力描摹的部分
埋进紧闭的眼睛

双荡寺

虫鸣的羽毛擦过瓦檐边缘
荒草丛掩着一个空巢
佛号已失盗,残院站立着
一片旧石灰墙壳
你在繁体的意象掠过后收起刀子
你捡到一些笔画,串在草线上
你走出山门,日头落岭
你在对面山坡上
发现一颗沉埋大半的念珠

风吹山冈

山林向村庄摸去
廉价劳力的手,在风中迟疑
树叶飘落。从城市空降过来的
滞销品或旧报纸上的发言
在找寻土壤里的根部

如果,由你来描述
你会看到一张张蛛网慌乱的灰脸
瘴气透过丛林。阳光还在
通往投递站的山坡另一边喘息
你会说,需要时间

月照山坡

有野猪啃食红苕
有月光追踪而至
村庄就在脚下
牛圈里传出粗糙鼻息
不能说话,不能抽烟
不能随便在野地里尿
想想吧,你不是一个猎人
天亮后还要去上班,接送孩子

茫然

山村，田野，迎面涌来
我想保持着犁弓的姿势
问候收成。结果谁也没有
提起。我们曾经砍柴牧牛
九龙山群峰，云海流沙
像他们，有人笑，有人涂黑
有人留白。但现在
田野长出暴富肚腩
土地收获着老人斑
这条水泥路，在幻变
我陷入从前的羊肠小道
哑口无言。阳光劈头

晚餐后

一个电视遥控板
揣在小孩子梦中
夜,已完全融入
像失去知觉的某片板栗树叶,轻
如一句无人接唱的山歌
但你能顺着夜风脉络
分出哪家是哪家
你可能会踩在某个石水缸
分解出来的碎块上
顺着夜风,你走到铺里
丁字路的集合点,小商店兼医疗点
有人打牌,昼夜不分
有人泯着小酒
等,夜归之人

噼啪

竹木林里村庄露出太阳的脸
山那边有新石器遗址
有人证实过蚩尤与梅山神的关系
一千人口的山村,距省城
三百多公里,离县城
三十多公里,隔小镇
三公里,三百米后,公路断点
没有城管,没有红绿灯,没有雾霾
只有鞭炮声的正月初一
丁字路三个方向,堵车三十多辆
十二点。在拐弯处
前车与前车追尾
清晰地听见一声——噼啪——

月光如水

我写关于鸟,在飞——
我在梦中,写古树上的鸟巢

月光如水,母亲笑眯眯的
她站在门外的田埂路口

以往的梦中
她没有皱纹

我想进入刚才的梦,将有关鸟
和鸟巢的精美句子,搜索出来

我想抓住小时候,晃动的枝条
我努力地,抓不住笔

一个枯枝衰草的巢藏住风雨
我忘了季节,和被窝的温暖

下雨了

货车司机、建筑工、学生
低级官僚、流水线作业员……
他们，穿过
菜地篱笆划破的旧衣服
泥巴上的农村户口簿
以及唱夜歌的线装本
装满毛坯砖房中的老式衣柜
人们箭一般。土地伤痕的路
从废弃的黑机油块上碾过
下雨了。雨落在几块干瘦的梯田里
树林来不及合拢
闪电撕裂的天空

世界重新

打量着一切，当你醒来
往事琐碎——妈妈，当你
再次容忍我慢慢地大声呵斥
或许只有如此
才能激发你手术后的生活
就像我们兄妹曾经牵着你的呵斥奔跑
磨砺出，对生存的惧感与敬畏
现在，我们终于长大
成为你手中的力量

享受着一切。当你醒来
时光美丽——妈妈，当你
全身麻醉的细胞呼唤我们
或许舐犊深情
是一种更好的化学治疗方式
我们从医院的高楼透过敞风窗欣赏
雾霾里，岳麓山倒退展出了湖
长青，风景对于我们
不仅仅是，一份追求

大雨

好像,潭邵高速没有出口
“四月是最残酷的月份”
我打开跳闪灯的眼睛
意图片刻停留——哪里没有雨水
变形的痛苦？冷气疯狂
在抽离地心温暖
我想透过车轮扎着的
这电流导线般的路,找到
象牙尖端权威的安逸语言
安放在某个檐下
让癌症细胞般的雨水得到抑止
让欢乐,围绕每家餐桌
车过湘江,雨停下来
我听见了,我们的妈妈
在湘雅医院着急的呼唤

根叔

住村西树林那边，善泥水活
换届选举根叔成了村主任
当他，傍晚收工经过我家门口
大伯正打电话对我说
财务清算小组又少了一根顶梁柱
他，可能与异族的前任仇家和解
我说嗯嗯，我刚回来
我家没有笔了。根叔瘦驼的背影
在我有意无意的视野
在小路那头渐渐淹没
暮色已浓。关掉手机后
母亲正把饭菜端上大厅的八仙桌
我想，这事儿弄成小说
或许更靠谱一点

没完没了的雾

前几天无缘无故听到院子里响
走过去看什么也没有
隔天,幼儿园的陈老师就走了

她才发现两个月,怎么会是晚期
你姨,大娘,都是
但我没黑。她们又瘦又黑

不如,我们现在就回去
那么大个县人民医院都没有办法
我想肯定是癌症

如果不是向老师来看我,说湘雅医院
有个专家很熟,我也不来了
该怎样,还他的情

我没有晕车,很好
长沙怎么还会有这么大的雾
几点了。应该天亮了

再登观音崖

西山落日,我们挑柴
在观音树下的石背上
有时会走盘五子飞
山口凉风呼呼响
白麻子老爹经常提到这
在讲秀才和小姐的故事时
水金是跟我一起听的
他有黑亮的头发。在这悬崖小径
被一坨花花的鸟粪砸中头后
就开始变白。当时我在前
斜出天空的竹尖上有只黄雀
在跳。隔面一阵幽风
水金说他出的是凉汗
我又想起第一次去广州打工
是他带领的。他已满头白发
我说我心里经常出凉汗
身上还长着白癜风

活着

正月初一,你打开大门
看点放鞭炮的人,逐渐变老
他们,走向一条
或者不是自己的路

笑脸迎着笑脸
笑脸,开始模仿村里最谦卑的影子
像件驼背的长衫
一生的短暂和一天的漫长
它们和他们
在融合。当硝烟在山谷中被稀释

整个村庄掏空了浮肿的自身。你想
站上祠堂的空戏台
像陈旧的花鼓剧服

你想将川剧的变脸借过来
你想装扮冷酷的 90 后寄宿生
你想刻画城中村蜗居的舒坦皱纹
你想琢磨地摊贩卖的非标语言

低级官僚的腔调……

你想,一个人在这村庄
将三百六十五个日子悄悄打发
不留痕迹,像麻雀
远走他乡

风吹山谷

七叔没带唢呐
但他选了一只芦苇哨口
包放在咔叽布裤的小内袋
还选了一条满爷爷没有走过的路
他们往西,走湘黔古道
我们往南,去广东
我说我记得满爷爷名震乡里
鼓着腮帮子和打鼓时的样子
起初,七叔坐在闷罐车地板上
眼微闭,两根食指敲击着膝盖骨
火车吭当吭当。他解开裤带
将哨口摸出来咬在牙尖
我看见七叔的臂膀
靠在邻村春花鼓胀的奶子上
我还看见古典黄的哨口,缠着
细密的铜丝线。咣——
一声响后,我们穿越了南岭

星星点亮夜色

挂在高铁隧道的眼帘
它把车门紧闭。千里外
有人唱约翰丹佛的歌
有人打着尖尖口哨
山林之手挥舞
呼喊小名的潮声
像旧式录音机传来的电流
晚来的风凉夹着抖颤民谣
夹着偶然间某段梦
一阵痉挛疼痛的雾
穿过呼啸的列车。草一低
钢轨就吐出火花
整个村庄亮闪闪的
是你的
整个大地都是你的

太庭寺遗址

山坡上有老和尚的衣冠冢
谈者语气轻松
他们,农忙一身短襟
农闲飘逸着青色长衫

你常常惊诧于神话一面
忘记寺院和坟头,武僧的呐喊
都被蓑草的理性掩埋
过去,过去

那些疏落之光像教条
从对面坡的遗址
到这边坡的遗址
架空你的思想

它们,清晨的墨点
窜出树林
它们,批注经文的小鸟
飞向山脚的小学校

碎石场

人们忙着。干劲十足
将一座座的山移动
将一个个的家移动

一台涡轮发动机
一边绘制高楼群的蓝图
一边割着田园的青草

一段欲望的时期
一个移动的时代
花团、锦簇

通往寂静的路
夏天在膨胀。坡上青草
和绿树,在膨胀

山上的岩石,碎了

心软

就是容易掉眼泪、流鼻涕
跟大屋里大娘一样
四十岁守寡，开始半睡半醒
开始说话押韵像唱歌
手脚迟缓像云朵轻舞
有时是观音菩萨附体
有时是灵光大帝起水
除恶阴间。逢人即笑
来客必喊，江湖一把伞
路越走越宽。从小土路到水泥路
从老树下到十里八村，信徒成众
再到七十岁年纪
小儿子当上村主任
小孙子当上中央警卫团
二营三连四班优秀士兵
田垄之中又修出华堂大厦
让村内广大妇孺唏嘘不已

像片落叶

也像风，吹落的树叶
在池塘水面不留下波纹
我，终究要回到这片土地
和这土地上长出的村庄
这么多年，我低头走过田垄
步履匆匆。一颗假装诗人般热诚的心
掩掖夜幕下。我只是
村里的一个男人
春节里，要打点小牌，赌点运气
要大声说话，放胆喝酒
夜半的字，抛给阴暗角落的老鼠
旧阁楼瓦檐下，任风吹
怀抱失去母爱的孩子
徒步，翻山越岭，寻医问药
像片落叶，寻求着梦的根

像块墓碑

不敢用彩色去铺张
你小心翼翼。快门响了
听到,老屋的木板门断榫的嘶喊

云从瓦檐下溜出来
喊山的声音在回荡。它们熟悉
你的小名和你背着锄头的模样

黑和白。这与你的记忆相符
与山同,与梦同,与人亲
亲人哎,稻子黄了,季节到了

你回来了。你举起相机
白露风凉。站立山巅
你像棵古树。也像块墓碑

屠夫和诗人

屠夫熟稔地割下一块肉
带仔的村妇,戴眼镜的退休教师
正在为自己修建新房的返乡者
他们看着他,还有你
像个下基层的公务员
关注着村干部。在清晨
在村庄唯一的屠桌旁
你的本意不想纠缠于此
人人都有擅长之技,都要生活
且被人欣赏。田家老大爷
他的种植,总是全村收成最好的
隔行如隔山。你也让他们
津津乐道,赞叹,得以养家糊口
但你更是深夜的怀疑者
像个偷渡客质疑着生活
他们不懂诗。也不知道你写诗
诗人们都不知道
你也是个写诗的人

微信

你躬下背脊像把镰刀
将天空进行黄金分割

你说这个假日在老家秋收
你说没办法,老父亲不愿田荒

手中稻穗随着信号扬起
千年的戽桶在承受饱满力量

你说山陡,田小,坎高
场面很亲切,也很心酸

秋日阳光有稻穗一样的针芒
你说腰酸、背痛、脸剥皮

散场的集市

一所初级中学藏在集市后
导航标志清楚。两个外地人在问路
一个疑似酒精中毒的人
在与一个白塑料酒桶讨价还价

我不是医生。我关紧车窗
苍蝇满街飞。我在听英语歌曲
是《卡斯布罗集市》吗?
长发,褐裙,丝袜,高跟鞋

一个女人推着灰色女装摩托车
她费力将一个黑色大方袋绑上
她费力将一个收缩太阳篷提上
她系好粉色披肩

她在反光镜里捋了捋额际黑发
她微笑着。放学了
一群鸟,掠过山坳
可以用音乐的形式来表现吗

五天后我顺手删除了这组照片

方向

大榕树下,一群人在睡
我拉住了什么。黑暗中的
是你的手吗?隔岸富丽堂皇
村庄坐在金光里
人们与人们之间
互相依赖又互相诋毁。是你
在颤抖吧?树叶上
滑落不敢留恋的露珠
他们和他们,拒绝入梦
白天没有记忆
晚上失去方向
我站起来。后背贴着凄凉的结局
来路,倒下一堵墙
未来的前景,归宿茫茫
家呢?哪里才是?万径俱灭
夜风冷。薄衣胜铁
黑暗内部我听见火车哐当哐当
我跟着一群人,迷失
在一片被我们砍伐掉的树林里
你的呼唤,我听不见

传承

家里有把斧头
是父亲木匠学徒的传承物
六四年冬天他学了三个月木匠
上面来了通知
他就去了部队
后来他带着我去给师傅爷爷拜年
老人家很面善,笑眯眯的
父亲的脸则是斧头一样
十年前搬家的时候
生锈的斧头还躺在角落里
下岗离职多年的他
看着它,叹了口气
居然满脸和蔼
我就又想起师傅爷爷的脸

余生

柴烟熏黑的板壁上
插着一截点燃的长竹篾
它和微弱的柴火一起，照亮着
我们并不清晰的脸庞
老木房里，我们围着火塘
听我的爷爷缓缓地讲白话
那时没有电，可以用油灯啊
小路比说。我俩躺在床上
是的，可以用油灯
不过，是在祭祀的时候
从墙角，我瞎眼的奶奶，颤颤巍巍
摸出一个小香油罐
我们说了很多过去的事情
夜深了。他进入了梦乡
我还在看着窗外

村庄物语

1

总想把九十九口池塘的传说写出来
但传说说,不
太阳,月亮,照面浮光——
谁能沉入?没有谁
能与它们一起

沉入。一具具棺木落井
传说,一点点没入
冬天的草丛。这个叫塘头的村庄
雕像与图腾在剥落
人和物膨胀。水源变得稀缺

2

那些池塘边的木桩,已拔除
那些烟熏的粗黑杉木房梁
螺纹钢的脸
老牛的笑容

他们努力地,想不起界线

他们侵占了水的底盘
埋掉掩埋自己的土地
他们进入木芙蓉的终结之梦
历经几代人的潜伏
说这是他们的家

3

我的家呢,在哪里
"麻雀仔,尾巴长。
讨了婆娘忘了娘。"
瞎眼祖母唱着催眠谣
在雪地记忆里撒下诱惑的瘪谷

一场冬天的大火,留下
撕裂大雪的痕迹
麻雀们也走了,没留下线索
从那撤出来
池塘,一个空荡蛇皮袋的影像

套住一个少年的头。象矶上
神树的枝头有疑似喜鹊的叫声
我忘记了
它们声音的实质光亮
袋子罩下来,遮住天空

4

他们的日历上挂着沉重单页
不再是,简单的简单
残存的水面,残存着
漂移的高速路
安慰呻吟的针管,药瓶

我想,像梅山神在他的领地驰骋
忽略季节和渔猎
但池塘,一个空荡的蛇皮袋
像低暗的天空
罩下来

5

它像情窦初开的石榴花
六月。窗前流火
我以为随便就会抓住天边的火烧云
找到连环画中的某一页
村庄,这两个汉字经历了简化

它的门,已经淘汰
锻打之铁。炉膛上吊起的胃口
不再晃动。铁匠铺
童话中一个呼呼作响的风箱
随火星散去。花瓣归于泥土

6

变化存活于后山的云之间
像一些传说
这是梅山神的领地。石马江源头
翻过九龙山可以找到新石器的遗址
在山脚下。在山脚下

一块簸箕形的谷地，向东南方敞开
我也想用《山海经》一样的语言
和方式来描绘。很多年了
陌生感带来脱离实际的笔
人很多时候会与神冲突

现在，变化体现在村庄内部
人和物膨胀。神的几个代言人
不知他们是否想过传承
荒地更多。更多的
年轻者只是春节的几点焰火

有人在更宽广的场院接受着
跳大神的培训，忘记自我
隐去头部和尾巴
像野地的苟合为某个舞台或剧景
增添春趣。山外有山

7

那个法力深厚的盲人

山外送来他的遗腹子
我们见过他寒冬腊月在池塘摸鱼
用崭新的大钞点火烧饭
我们惊奇,所见到的和没见到的

很难把握。如急切的锣鼓声
记下来。传说说,不
是的,我不能装出神的姿态
不能仿冒死者,端坐神龛前
但有人能,从而激发贫乏的生活

人为信仰而活
谁都不想亵渎神灵
塘头村也如此,或许时间能让它
将一些沉和无奈,存于后来者的电脑
像寺院残存的地名

8

必须记得的地名——太庭寺
田垄从风口伸出去
偶尔会摸到几片唱经颂武的瓦角
泥土中,有让人感到硬的繁体字
像远征归隐的将军

必须记得,红旗下的孩子们
小商店门口醉卧的老木匠说
你回来了。好
阳光暖。阳光照耀

他的泪痕，安静地抓着塑料小酒桶

9

他以为喝醉的是我
花鼓腔的调子
唱起我的父亲
当兵回来像一杆火铳
下岗回来更像一杆火铳

村庄里沉默的猎人
我会找到他
我接手土地私分的最后疯狂
在粮仓旁边的稻田
新修一栋楼房

老木房的青瓦重新洗亮
天空干净，一尘不染
人人都友好，微笑
包括，下乡午餐的公务人员
他们都说，老啦

10

我们都老啦
某天在县城酒店电梯间，我们照面
一起说，再不疯狂我们就老啦
是周笔畅吧
是李宇春

第六卷

行 板

山中水库

涟漪羽毛的光泽
它们,没有脱离温暖这个词的边际
像浅滩无知的童年

当饥饿转向
隐形的界碑提醒着
前面是岸

湖水干净
像正派人物的镜子

天鹅拒绝离去。它选择了我心中的孤独
也拒绝了意识形态的歌唱

人烟如画

牧羊的皮鞭掐进岩石
你的口哨声，飞进画布里面

天空分裂，真菌站在伤口上
像盘踞树梢的炊烟

当你抬头。树根攀崖而下
甚至想从地狱攫取火种

风雨的猎食者，像闪电
峡谷，是缘于饥饿的伤疤

乡村演出

晶莹露珠做成的项链
在说一个忘掉自我光芒的梦
旁观者指三道四

顺着绿色叶蔓
我们看到生活
不断增氧的爱,和情

玫瑰,玫瑰,无可挑剔
和指责。她们的火把
照亮勇敢者的脸

他们,像我,一身泥土
扒开荆棘里的云雾
找到夜与日的分界线

神秘的出入口
就在那
“一个漂亮的漩涡”

路口

路口有一股隐藏的冲动
人和植物都想拥有。阳光落下来
随后雨也落下

你想起这里的亲人
拥有村庄
拥有最好收成的那块地的满足

星星铺成路牙子
四周的林子一片雀跃,柴草茂密
你回来了

一个猎人的后代
失去身份。阻击的准星开始落下
落下……地平线

山中

几粒画眉叫声
从橡子树上飞起
它们,怀疑着铜哨的来历

火啃过的苞谷地
被山林赎回
开始,再次漂移

干裂竹片的手
跃跃欲试
举向二手机器

他们,找不到泉眼
但我,只想找到那个猎人

苍白面具

又一片苍白。我想删除
包括路,路上兴奋的残存气息
一个不明不白的人
你说,好吧,请跟我来

这么多年还没发现我。哎
鱼群盲目,放弃了课本的小河
你指着山上,我们的外围
窜出野兔,野猪,野麂

路,在每个山口
隐藏,分路碑搭着明晃晃的弓箭
失去原色的脸
失去迷彩油漆

我再次确认装备。你说水
资源是大山
板栗树,杉树,枞树,桂花树
……书本合拢

观音岩崖下

一块斑鸠形状的石板
阳光抚摸着它的妊娠纹

一个荫蔽的梦
一个线装经书上的错别字
强行闯过隐迹的古道

一个猎人后代
站在峡谷断流的溪涧

斑鸠早已飞去
我想,像一朵祥云飘过
或者一场雨,落下

隐形人

我闯进一条真空管道
圆形,而不是三角形

看不到万花筒纷飞的花的碎片
它单调。而你心情复杂
你陪伴着我
浮动的路,背叛了冲动

我调紧车的大灯
我的眼睛向上抬
僵直的光线掉进前途
四周都是密林
透过玻璃你看到膨胀的欲望

人们的梦境畅游在山坳里,带着甜蜜
包括那些隐身的村庄
你想离开我

你一直未说出口

不认识的花

山泉从岩窠土缝迸出来
它们攀爬过程的尖叫
喊出了《离骚》中的那些名词
白白的石块俯身于低矮天空
它们,在找寻什么
我躺在那里。没有尘埃
绿色草叶陪着
远处坡上几堆坟茔
一朵多年不知道名字的花
闯入梦中。画眉的呼唤
在竹林里急急奔跑
我不是你。我不是你要找的人

孤独

粗壮吊臂移植着城市语言
人们走马观花

当你看到,水晶的心灯
在没有季节变化的跳跃

山梁开始海上旅途
它抛弃了,该抛弃的

涡轮掀起浪花,气流对撞
恰好裁掉一些枝叶

你还想融入,记忆中的院落
天涯点点。雨落下

你,隔着车玻璃
紧紧地抓住孤独

照亮阳光

他站在玻璃后面找老花镜
阳光从遥远朝代被风吹过来
满地名词,金灿灿的

他想将心情表述
同范宽的山水一样
他将时间需要的椅子遗忘

他将提琴遗忘打开电脑
想听一段二胡。他转身走进我们
喊水库但他们称湖的岸边的酒店

蓑草连山亭。墨色透明

偶然

某天我来到村外
竟然想起你静静的脸
我期望的，是笑脸

果然，你迎风而立
发电场的风轮
托举起你晨曦的眼睛

光点融化
呼吸细密
大地微微抖动

早春。这温煦阳光
褪去覆盖的雪
我想走过去，把你的脸扳过来

山中偶遇

眼前花草如旧
透过图景,泪水在阳光的纸上
奔走、突围

你甚至想进入某部相机
等待,风中舞蝶
像一滴血,轻易就跃上枝头

直至黑暗曝光
叶片泛黄
空洞织结出一张网

我想说出一段故事
像阿炳,坐在某个弄堂深处

过客

守瓜的大爷老了
听不清我企图靠近的问候
他坐在路边树荫里
看画图本里的童年
小孙女乖巧得像只小狗
在瞭望远方。整个田野像极了
充满甜蜜梦想的大气球
白云伸手可及
大地充满诱惑

暴风眼

村中一树石榴花
孩童下面闹,女人骂

五月回家
五月端午大雨下

有个孩童旁声唱
眼就是眼,花就是花

八月

一条山路,人在上面
反复碾过
七月的蜂,八月的蛇

路,在不断地否认
和肯定间
迟疑。它说某个端口住着家

他,在夜里醒来
看见九月的阴雨,连绵下
月亮的阴影无际无涯

在路上

这条路,链接山与山
我和你,留守与流动。他想平安
他夜半听到河水
在笑,或者哭

这条路,有童年、血泪
还有冬雪和枫叶的秋天,夕阳西下
稻子收获了九月的光斑
一头老牛,丢下了它的主人

这条路,来处即去处
驼背的邮差累了,靠在桥墩
看天边燃烧的信笺
那爱恨交加的火的灰烬

它忘了它,我和你。忘了驿站
蛐蛐的叫。一条石板小路
演绎成电线的嗡嗡声
秋天堕落的思绪,呼啸而过

花开无痕

我带着本书,在清晨
午后或者黄昏
但不敢翻动
担心哗哗响声会将它惊动

后山,一座没有栏杆的花园
乱石丛中松竹相依
蕙兰白芷,溪水相随
我怕,潮湿的空气会濡湿它的眼

曾经习惯在它们内部搜寻
当松软的林间小路
再遇苍白之光
时间的空页上,依旧没有墨迹

我留下背影,会亵渎它们吗
净水击石,梵音波散
仿佛兰花暗放
仿佛墨香弥漫

窗口

一些风要出去，一些风要进来
一些旧时光要出去
一些旧时光要进来

田野里生长的毛坯建筑
路上行人、远处树林、山的轮廓
它们都在拼命挤。阳光下
它们挤掉了身上雨露
还有土木小屋的瓦檐，寒风的粮仓
阁楼中少年唱诵的诗句
落满尘粒。一张细钢丝网
还有一张晃荡的蜘蛛网
吴教授要拍照，我要去打开

让一些风出去，让一些风进来
让一些旧时光出去
让一些旧时光进来

干净

这里的天、山、空气
包括绿树丛偶尔露出的寺院一角
让人触目、惊心
包括风声、鸟鸣、水流
村庄稀缺的人影、未曾修饰的新砖房

你看见梯田里整齐的草垛
它们站在秋末,等待蚱蜢近视的眼球
最后巡视
你还听见小路比正在跟妈妈讨论
黄昏和傍晚的词义

乡村之门

门是人的生死赌注
门是人类难以逾越的障碍

喉咙里,注射过激素的欲望
想打开生锈的铁栓
眼镜里,一个武装盗贼
他没有大数据隐藏的解锁密码

我们回到乡下。捡起一块砖头
我们打开尘封的小院,爱人
这是我们的家。我们的,家
夕阳西斜,我们一溜烟来到青山下

谁都不会忘记
月亮如此,星星也一样
进进出出
我们打开幸福,我们关紧痛苦

门是人类历史进程
灾难的屏蔽。"请为我打开

这扇门吧
我含泪敲着的门”

在田野里。在田野里

陌生的田园

是的，心中还有挂念
还有离去的、无奈
和经年流火没有磅礴而出的熄灭
是什么？力量如此抑止
眼神。眼神
一张秋日萧瑟的田园图景
但他身不由己
跳入下一场。陌生的原野
对我说，对我们说
我还拥有你们

旅

人在雨雾中走
也是在阳光里走。白天或者晚上
来回不停。也像游魂

山中有我们的村落和父母
山路,有我们气喘吁吁的梦话
谁在听人间沧桑

没有人愿做守家的狗
没有人指望人人公平
和富有。地狱有十八层

土能生万物,地可发千祥
家家供奉土地神
年轻人转背就忘了。不会再想起

想起的时候已经老啦
心累了。回家看看
一场穿越剧正上演

也是一场旅行。也像首轻松的诗
祝你顺风

阔

蜻蜓轮番向水面吹风
他站在老祖母说是 gang 矶的小河岸

感觉自己像只禾鸡在看不见的地方
他嘀嘀咕咕。也像小鱼吗

勤快的人们都去了哪？云在跑
像跑到浅水滩的卵石，最后离岸而去

岸。岸归山岳。回到古老音节
我在琵琶乐的纹理中想找出点什么

妻子说还要小声点
这是，小路比的催眠曲

风雨兼程

总有声音能使你停下
总有画面能使你逗留，禁不住眼窝里
融化的山河景色。这条路
几经霜雪，寒去春来。寂静为寂静等待
孤独为香销魂散而一茎开放
当天空持续抛下幻象
当思念不能停止转轮
我见到你浑身颤动、点亮闪电

一场雷雨

有什么改变？像一个王朝
像一个迟暮老人
吐出的唾沫星子
飞逝
在土疙瘩里。山还在
睡在村外的路边
不愿醒来

收割时节

刘氏老奶奶在晒谷场边上
敲着竹筒
教我唱山歌。1979 年
我看见漫天的麻雀
不敢落下来

农家乐

门打开,又关上
他们进入画框。天开始变黑
灯光遮盖空调嘶哑的叫喊
大家开始讨论
当日收割的绿叶股票
窗外,盲目的牲畜
想放弃吆喝它的主人
又有人进入
有人想起这天是他母亲的生日
雨落宽阔的农家
正是青黄不接的季节
人们渴望,你能留下

奔跑者

狂野词语的雨水
聚集在村庄顶部
他想把门做得更厚实

和灵魂分离的人,想说
好好爱,用心爱
寒露裹青苔。山,倾斜下来

影子在企图安睡的土墙奔跑
失去退路的路
黑夜缝住了它的一声呐喊

天亮的时候,雨停了
我终于睡着了

立秋

这一天我坐在桌前
头痛欲裂
这一天我忽然想起
很久没写过诗
这一天我半睡半醒
听见很多熟悉的声音对我说
“立秋前要把晚稻插下”
想起山村年少时
提着灯的人,走过夜半饥荒的田垄
进入门缝间
风呼呼响
吹灭天上的月光和星光

这一天落下一场雨
整个夏天苦苦等待的雨

一片废墟

一片废墟
两个人在对话
你和我，是残墙
立在中间

深夜的回音箱体有个阀门
在滴漏
我们已经形成了一堵背向的墙
风停了

这是第三次
记忆抖动羽毛
第一次已经过去了二十二年
你说了为什么

缘分是一种借口
在别人耳边
让沉默沉默吧
让墙，更加忠实

秋老虎

当你老了
回头,站在祈祷的树下
哦,树下
一只黄狗含来你丢弃的骨头

秋日当头
田野送来轰鸣的稻香
你想说出
太阳的暴晒中掩藏了很久的话

月亮

我怀疑自己错按门铃
它居然,跑到我的家

喝茶的时候,它让我隔离山水
打开书本的时候,它
把我白天做过的事和昨日梦境
从青青镇石上折射出来

我拿起电话,它告诉我
阳台上旋转着闪耀的
那串夜空中的老式密码
哦。这生活——它找到了我

我把自己丢了多年
它,居然找到了我

归宿

一次次，卸下食物、弹药
你把落日追寻
你把我叫醒。瞧，生命多美好
如果抛弃了归宿

不要说，你来山中
是为了寻找钟声，和兰花
生存，在墓地上

小草一样的人啊
当我们老去
听到，遥远的街面关闭了铺门
脚步声，被淹没

如果，我们抛弃了归宿

我们还得继续

秋风来时干劲十足
它们看到了沉甸甸的田野。时间误人
你带来的是无休止的争论
或者鱼死网破的歉收。人们仅限于欣赏
那果断,决绝的语气,像一场
干旱过后的淋漓大雨
一年的好时光,蛇一样进入
冬眠。它越过秋天猎手的眼睛

言辞的片段

时光与流水,隐约在丛林
有人对我说,"喂,你醒一醒。"
静静地,午后的阳光普洒。一些猥琐
与奸诈,机器的轰鸣与喧嘈
纷纷藏匿起来。钢筋与水泥
一对冷酷的孪生伪君子,顷刻之间
化为一团尘埃,像二战中的广岛与长崎
——咔嚓咔嚓的欢呼,冰块与冰块分离

灵魂与肉体,也是可以分而合
合而分的。远离城市的许多地方
譬如海边的棕榈下,未完工的高速路旁
泳过的水边,我们曾背着爱情流浪
一路乞求缘分。"松开手上的缰绳吧!"
你轻轻说。我们四蹄踏雪的马儿
悄闪过昏黄的夜空,南方和北方的
古老街道,闪过五月,碧绿的田野

流光穿过树林和我的手掌

面对孱弱的流光,我微抖的双手
捂住脸庞,穿过黑暗及那片繁茂的树林
我瞥见:一颗颗滚烫的太阳
爬出祖父乌亮的脊梁,他正挥动湘西南
那把长长舌头的铁锄,垦荒

树林的边缘,一道优美的弧线
划过。金星四溅的汗水落处
黄土地上腾起缭绕的云雾
祖父的旱烟苗长势喜人,散发
浓而烈的迷魂之香。他神秘的一生

宛如那白里透着红、紫、蓝、青的烟花儿
令我始终难以解悟与想象
渐远渐近,不沾烟味儿的父亲
身影愈加清晰起来,树林里,他戎装的目光
瞥了瞥冒着青烟的猎枪

躲在枪管深处的伤口,殷血静静
流淌,泛洒凄艳的光环

那是山峦上的夕阳花
红杜鹃，它的喊声，一晃一晃
像那流光，穿过树林和我颤抖的手掌

农历三月

农历三月，一只背负沉重的甲壳动物
从松软潮湿的惊蛰里爬出
精力充沛的土壤们，欲望风一样生长
漫过八百里雪峰与千道险滩的资江
那是我曾经爱过并为之付出过的女人们
她们全身散发出一种特殊的迷人青春气息
与荆棘果儿雨后天晴的成熟芬芳

农历三月，鲜嫩鲜嫩的铜哨音
与冒着热汗的竹笋，一齐扶摇而上
我清明的祖父双目清濯，他将
湘西南这只肥硕的竹鸡，从原始的山林间
逮进氤氲着宗教云雾的腰篓
灌木丛中逡巡的两道阴冷闪电
在风雨的某个清晨叼走他铁尖的手杖

农历三月，与篝火一道在硝烟里跳起
雄壮舞蹈的，是我的村庄、牛羊，乡亲们
光着脚丫与臂膀，踏着神秘的太极、八卦
用紧密的锣鼓声送走亡灵，用泪水

欢歌诞生、五月的麦香与八月的稻黄
金质的光芒在漂亮的言辞里
打马回乡，带着它们鲜花般的新娘

农历三月，我与众乡亲结伴而行
在白色山茶花飘满的小径上
缅怀那踏断的树枝、青苍的石板
黔路与蜀道。残迹模糊的族谱
自东溯西而来，千年的雷殛木
仍嗞嗞地冒烟，洇灭我们闯北走南的
眼睛：除了生活，别无选择的伴

农历三月，涨水的岸边，站在谷雨的船头
父亲沿着杜鹃的啼声数漂流的桃花
一朵，两朵……二十六朵，整整二十六朵
年轻的戎装恐惧成苍白的陈年挂历
而母亲依旧在映山红开满的坡下
插一茬又一茬的稻秧，然后把瘦弱的希望
带回家，将牲畜当作神灵一样精心供养

农历三月，我打马经过枯死的凤凰木下
它锐利的枝丫直指发聩的天空
一个他乡的老头，脸容熟稔
手端形状模糊的苹果与幻想的向日葵
骑着悠然的青牛，与我打了个照面
我们活着，我们是生命的传送者
他说。微暗中星星点点的灯光，那是故乡

当世界归于宁静

当世界归于宁静,一切事物都沉浸在
美好的梦境与自由呼吸中,我疲累的目光
拖着长长的虚弱的影子,回到家乡
十二月的大雪跳起古老的舞蹈
用热烈亲切的心情将我拥抱。在村口
那只老黄狗用浑浊的泪水仔细地打量
然后把我引领到村西,那片感性的林里
说,西边是我父亲的祖父,东边是我的
祖父。而我只是南边掉牙古枫上翔出的
一只北向的未谙世事的孤独流浪之鸟

在日光灯骤然熄灭的此刻,我的血液
默默地指认着属于它的野兔 ,民谣与村庄
黎明却沿着黑黝黝的地平线包抄过来
我的睫毛在这无声的空袭之中
猛烈地颤抖了一下,这是晨曦
即将来临的一刻,一枚黑色的炮弹
在我苍白的内心里炸响,腾起一堵
迷惘的墙,墙内有俏面佳人荡着秋千
她们的笑声攀着一枝斜向的红杏溜了出来

思想的骷髅们正放射出绿幽幽炫目的光芒
那是圣灵所居的高堂，神殿宽敞洁亮

而我只是徘徊在墙外的草地上，独自思忖
何以入室。用锈蚀的钥匙去打开先哲之门
品尝那劣质的烟酒与奇异的罂粟花香
三两击梵王的钟声随风入耳，我想起
婴儿诞生的啼哭，在农历三月吞食掉
桃花水涨中的红漂，垂钓的父亲欣喜若狂
而母亲紧抱我酣睡的幼时，踏着清晨的
星星、露水与蛙鸣，走到向阳的坡下
顺着蓝蓝雾岚与黄褐皱纹的波影，收割
八月成熟的田野、阳光、血汗的合唱

第七卷

送　别

长亭外

人声鼎沸的草场
无法承受雪的眷念
和两个影子
前面的事物和后面的事物

季节和季节之间
我俩没有变化
风在考古现场
觅食。雪孔构筑了蜂巢

挖掘出来的,是座山
是人们的信仰
和我们手捂过的一个咒语
岩石碎啦

拆迁工队伍的年龄有点老
你和我。心照不宣

古道边

河之上，雨落在纸花边缘
对月亮的档案不构成伤害

群鸟从森林出发，向森林摸去
分不清楚这是琴瑟的所依
还是觅食的所在
他们，偏偏像团云

水渍里梗塞流动的风景
有荷锄的、背包的、赶马的
男人和女人
毫不掩饰地笑和哭
野草储陈的花轿脚印，已散架
古装的人走向村庄
一群鸭子，走向水墨的峡谷

笛声催。他们堵住闪烁的远光
独行者，听到隐迹的围猎喊声

他们，影子的结晶体

沉重的、尖锐的、细碎的路牙石
你会踩到
这是梅山神走的路

宽敞的明天。梦在隔壁落雨
很轻，很轻

芳草碧连天

大地春回
蚂蚁幸福得和人民一样
我和你一样
我们，把心愿和劳作放在春天中间
把昨天、整整一个冬天
纺乱的麻（老祖母被雪埋葬）
和火石敲出的温暖
放在这个急剧变化的社会
隐藏。有一个镜头是，没有风
关于热泪盈眶、久久抱拥
我们感恩涕零。阳光祥和
和凌晨的台词一起
在突然莅临的春天
那些生命的唱诵
田野山间的杜鹃
灿若我心的人们，苍天见证
我们依旧

晚风拂柳

所有与我肌肤相亲的生命和土地
飘摇的茎叶和影子
还有我,没有净出的杂念和碎衣
晚风没有疏漏。遥感技术
织旧的网,它们再度展开
露珠的眼睛。重金属超标的强音
在呼唤:要对渔猎和农耕
拆掉的老牛圈,心怀愧疚
像一兜病害的庄稼
我站在它们中央
我已看不见,田间虫鸣
挥舞的手。柳絮纷飞

画外,晚风将家园吹送

笛声残

抽象的更抽象。那雨滴
具体的更具体。那雨滴

圆溜溜的雨滴
薄薄的鼓膜。不完整的夜

一滴雨,滚过鼻尖
雪峰山,在竹叶上滑坡

瓦檐消逝。一个中年男人
坐回火塘边。神在跳舞

最后,她放弃了对卦辞的揣摩
现实露出残荷的脸

雨停了。该启程了
他摸出打火机

夕阳山外山

夕阳下,成段的树木
散落在放学后的空旷操场
一座山,等着装上卡车

他们在算数。养猪的
不如杀猪的,耕田的不如贩粮的
种树的不如贩树的

山外有山。读书就要学外语
山里就不如山外
赚钱就要跑出去

我们,翻越那座山
需要多少预谋
需要多少家藏

田野空阔。小河雀跃
一个换算公式或定理,隐约其间
你,始终无法触及

天之涯

等待……脱离等待
他们有的在喂喂喂
神情局促。荒凉之地
长满供养的光

费尽一生寻找的某个词
在修饰静止的波影
人们疑虑
你陷进急促的丛林乱码

山路迷茫。山雾迷茫
在怀疑通信供应商的忠诚
一艘船的影子,一朵云
罩住脚下安静的村镇

船是幻梦漂流的一滴泪水
人们累啦。人们需要休息
调整残存的航线
在这片原始次森林里擦汗、修路

一场风暴启程
而我,在等你

地之角

洒满石灰的羊肠小道尽头
拴着一团黑暗的火焰

他们说,山神有炭灰一样的眼神
他们手掌上的石纹,已碎裂

下雪了,他们的头巾
盖住一截苍白的烟

雪落下来,枇杷树叶子已掉光
山神终于吐出月亮这口浓痰

地之角,在窑场,我看见
一个孤独的煨熟红薯,余温未凉

在那拐个弯,还有个老屋场
去看看吧。白草纵横

睡吧睡吧。明儿还要起早

知交半零落

虎视眈眈的热浪
轮番冲击着窗户
我想打破这种局势
我的心里在等
他是个伪装的渔猎者
就像我和你曾经说过的情话
被人们翻出来,说是伪诗
他已离开山林
水库现在被开发商包装成湖
你肯定不知道
他和我,现在的样子
我已失去和你星夜对话
也失去了他
包括探讨的天空
水面幻变的言辞
没有写诗,没有渔猎
没有想你

一觚浊酒

清晨醒来。某个词
努力地想不起

春天失去
春天的必要。你拿起笔

一身蓑衣,我行走田野
手扶犁耙,我祈望风雨

当某天,你筋疲力尽
回到泥腥的江岸。对我说
我们凭什么生活
这是个可耻的话题吗

一觚浊酒饮尽
流水落花离去
阳光,阳光
消失在喧闹街市的生活

我闭上眼睛

尽余欢

小河潜入黑夜
我们失去季节
迟钝的手捡起带血的柴刀

记忆拴着个诱饵
越过横躺的树枝
流水摸到逐梦的小鱼,还有尖叫

跃过村庄石拱的门
进入祭场中央
唱出歌声的,却是另外一个人

离开你。我却离开你
花开的时候。有人庭前笑
一只锡壶,堂前坐

我醒来。梦中你唱的太大声

今宵别梦寒

脚踩大地。江水在流
脚踩在江水里
大地在行走
驱赶着云朵,和人群

河流的上游。在春天
资江像一根狂热肆意的物种
冷漠对于世间的认知
完全失效

死去的人在读自己的诗
秋风在扫芦苇
江城说他是我的老乡
死去的东荡子,你在说什么

我已离开广州很多年
回到资江边的家乡
某个陌生的清晨,醒来
下游的东荡子在颂诗

大地在行走
今宵别梦寒

后记:碎片化的梅山

小时候,我腹股沟的淋巴肿大,人晕晕乎乎。母亲把我抱到梅姑奶奶的家里。梅姑奶奶用一个小斧头的锋口压在肿处,捏些指头大的草团放在斧的头上作烟熏,一边口中念词不断,一边手指画符不断。最后她说,好了,回家吧。回家果然好了。虽然,现在知道是淋巴炎,用艾草烟熏,排毒解热,除瘴邪,但更是一种古老的生存意念。

小时候,跟着大人们在生产队的稻田里拔秧苗。半盲的六奶奶摔破膝盖下腿面一块大皮,只见她说,没事没事,随后吐了一手的口水,顺手将皮扶上,口中偈语念念不断,不见出血,也不见用药。后来居然好了。人体自身免疫修复的功能超乎想象,多年后,见到西医外科教授并不给手术伤口用药,任由愈合,才明白。但对于常人,很难理解。这仍是一种古老的生存意念。

小时候,父亲回家休假,常背着火铳清晨出门。如果一连几天都有猎物带回,父亲就会停歇几天。因为担心梅山神上身。梅山神是会自动跟上人的,无须传教。人们说,成了梅山的猎人,一旦生活出现困难,只要将火铳随便往山上哪个荆棘丛放枪,你想吃野兔或野鸡还是野麂,那么好,你去捡吧,绝对不会错!注意,只是生活困难时才有!神拒绝贪婪!这也是一种古老的生存意念。

小时候,春夏之交的夜幕中,我们举着长长的竹片火把,去田野抓黄鳝泥鳅。但老人们告诫，如果哪次，发现鱼越来越多，你一定要记住，是回家的时候了，而且第二天你得停下来，因为肯定是梅山神跟上你了，在帮你赶鱼。人们说，一定要避免梅山神上身，因为……神拒绝贪婪！这还是一种古老的生存意念。

一种感恩苍天、顺从土地、道法自然的古老生存意念，一种朴素的渔猎农耕文化现象，一种母系社会神糯时期口语传承的迹象，存活于世间。

我不想它湮灭，可能吗？

这个地方的人们说，你是不是成了梅山？意即你在某个领域或专业有独到领悟，功绩显著，成了鬼，成了精，成了神，能先知先觉，能感知自然了。

人们欣赏梅山神的神奇，人们也恐惧梅山神的神奇。

传说中的梅山神总是时不时地进入我的思量。

东亚，长江以南，岭南之北。

民族的，中国的，也是世界的。

太遥远的事情了！眼前，旌旗涌动如云，战鼓擂，青山裂。远古，炎黄之争，蚩尤败北。其某些战败部落退出中原，过江，越湖，沿湘沅而上……湖南人蛮。湘境之地，属古三苗，苗通蛮。自逐鹿中原后，九黎三苗，虽有春秋楚霸，终不成气候，荆楚大地留下屈原的一句“路漫漫其修远兮”，所有历史均偏向神糯稻作文化的另一面。

因为雪峰山脉东部的资江落差大，水流急，难以行船，所以历史以来战争和政府管理均是从洞庭湖沿袭湘江、沅江，忽视居中的资江，梅山区域得以形成一个真空地带。

何况南方蛮夷总是被一笔带过。

江之南，为阴。仿佛阳光，从未来过。

当年，屈原溯沅江而上，居于雪峰山西的溆水，惊叹南方丛林鬼巫的同时，肯定也没料到自己还只是住在神的隔壁，与梅山文化的庙堂尚差一道山梁！一步之遥，就可撩起资江流域的蚩尤原始部落后裔的神秘面纱，很可惜。屈原住在神的隔壁，发出了中华文化史上的一声巨雷般的恸哭。假如，他进入实质意义的神的庙堂，又会是怎样一番景象呢？呜呼！

八百年后，陶渊明再次抵近这方神秘之境，又留下中华文化中一个奇幻之梦——《桃花源记》，带给后世无数向往。中华厚土，文明之幸呼？之不幸呼？

地形图！打开电脑，搜索……秦汉至唐，至宋，历朝虽沿湘江、沅江而城而治，但地处中间的资江中下游，却因雪峰山脉的中、北部向东，臂环而成一块一万多平方公里的自留地，“不知有汉，无论魏晋”，“不与中国通”。据《宋史·梅山蛮传》记载，“上下梅山峒蛮，其地千里，东接潭（潭州，今湖南长沙），南接邵（邵州，今湖南邵阳），其西则辰（辰州，今湖南沅陵），其北则鼎（鼎州，今湖南常德）”。直至，宋开梅山，置新化、安化二县。这大概是正史上有关梅山的最初记载吧。“梅山峒蛮”，经此确认，是一块未经王化的苗瑶蛮荒之地。随后梅山区域，几经铁掳。民族迁徙，更迭也好，融合也罢。至今，梅山两个字命名的地方遍布整个中国南方，梅山巫教文化的影响或风俗的流传遍布全球。

人们在怀念的同时延伸着记忆的疼痛！

梅山！脱离了史册的某些元素，蕴藏在高山峡谷之间的云雾中，蒸蔚出另一种人文气象——湘楚文化血性霸蛮的精气神。像一枚深山上空的残月，疾行于中华文明耀眼光芒之外的阴影，时不时地给予历史这个巨人一种来自心灵深处的战栗，一声撕肝裂肺的哭喊。

直至，有人高呼“一万年太久”！

时间曾在这里停留。时间也在这里生长。

我的家，在塘头村，梅山区域的西南端，上梅山边缘地带，位于雪峰山余脉古称“上梅峰”的九龙山下。九龙山下保存较为完整的新石器时期文化遗址，竟有不止一处！“我们从哪里来？我们是谁？我们到哪里去？”。梅山，在于见与不见之间。梅山，从不模糊，却从无清晰。个人认为，一指地理意义雪峰山脉腹地的梅山区域，二指人文意义的上古时期遗传的原始楚巫渔猎文化（包含宗教意义的梅山神教派；传统的武术流派——梅山派，直抵湖湘底蕴的霸蛮精神）。至今，世间仍没有确凿证据说明梅山二字的来历。打住！我不是一个人文历史学者，岂能在历史面前妄自菲薄！就算是，又怎能在历史面前妄自菲薄？

九龙山下，石马江北，每个村庄，都有称呼“峒里”或“峒夯”的山湾，这是个古老而美丽的苗瑶侗语词。我们过六月的“尝新”节，采摘田里新稻做饭。我们逢年过节，祭祀祖先后，要让家里的狗先吃，人后吃。《山海经》：“枫木，蚩尤所弃其桎梏，是为枫木。”我的祖父在枫树下磕头，拜干爹；我的父亲在枫树下磕头，拜干爹；我也是。面对同一古树，用雄鸡的血，见证。一种古老的生存意念……是碎片。

碎片，存在于人的身体里，骨髓里。

某天在湘西，我有幸得与民族历史学家吴荣臻教授一次长谈，触及苗瑶和梅山的话题。惜胜王败寇，叹正史野传。中华文明多瑰丽，更多晦暗。我们要怎样去解读？我们又怎么能解读？

经过望梅亭遗迹，回到村子里，满眼碎片……

你碰到一个盲人，他们说，他拥有某种传说中超自然的法力！你碰到一个衣衫褴褛的老妇，他们说，她有祖传的秘方，关键时刻可救人生命！你碰到某个走村串户的手工艺匠人，他们说，他有神打（点穴功），一身武功……我的祖父，一个木刻雕匠兼漆匠。某天，我顺着黑木板老房里的工字竹梯往上爬，低矮瓦檐漏下的射线将我放倒，我甚至看到祖父放下铿刀时的满脸佛光。某天，我看见祖父口含明晃晃的刮漆刀，双手擎着竹筒，跪在村西林子外的一棵漆树下。某个黑夜，火塘边，祖父教给我一个手诀。他告诉我，每逢危难，尽管想起他的脸容……我的眼泪已经忍不住了。

一种古老的生存意念！

还是小时候，某家丢了物件，过来问外婆。老外婆将手伸进黑色布衣短襟里，口中默默有词。随后告知来人，或指明方向，或道明时间。外婆并不识字，但知掐指，卜算吉凶。传女不传男，我的母亲因此也会。现在我想，这是否就是母系社会时期口语文化的传承？或与《易经》平行流传下来的口语在野版？分化简易版？

每个人，都有活下来的理由！都有自信的尊严！都有让人尊重的身份！这是元初单元社会结构遗存下来的意识形态。大无畏的担当！平行生命，敬畏自然，无压迫，无阶层，这才是梅山文化传承下来的稀世财产！几千年来，历经刀光剑影、血与火的洗礼；几千年来，历经民族融合、三教九流的浸染。

他们说，万物有灵。每个山头都有一个神，每条小河、每条小桥、每个路口、每种动物、每种植物都有自己的神。每个人，都是自己的神，自然的神。

他们，独自成教门：石匠，木匠，砖匠，瓦匠，锯匠，雕匠，漆匠，弹匠，铁匠，秤匠……

他们，虔诚的祭祝：感谢天，感谢地，感谢神，感谢鬼，感谢师承和雇主，感谢生命的传承和无边的生活……

一种古老的生存意念！

一种道法自然的古老生存意念，一种朴素的渔猎农耕文化现象，一种母系社会神糯时期口语传承的迹象，存活于这个古老的民族，存活于世间。这是湖湘文化的内核，也是楚蛮精神的源头，民族的，中国的，也是世界的。

我不想它湮灭，可能吗？